Arno Surminski · Eine gewisse Karriere

ARNO SURMINSKI

EINE GEWISSE KARRIERE

Erzählungen
aus der Wirtschaft

ULLSTEIN

Die Deutsche Bibliothek – CIP-Einheitsaufnahme

Surminski, Arno:
Eine gewisse Karriere : Erzählungen aus der Wirtschaft /
Arno Surminski. - Berlin : Ullstein, 1996
ISBN 3 550 06776 3

Satz: R. Benens & Co., Berlin
Druck und Verarbeitung: Graphischer Großbetrieb Pößneck
GmbH, Pößneck
Printed in Germany 1996
ISBN 3 550 06776 3

Gedruckt auf alterungsbeständigem Papier
mit chlorfrei gebleichtem Zellstoff

Inhalt

Mit freundlichen Grüßen 7

Vesperle oder Die Freuden des Kapitalisten 30

Wahre Freundschaft 39

Eine gewisse Karriere 50

Tobias oder Das verhängnisvolle Denken 63

Brückenbau im Morgenland 70

Jennifer oder Die Konferenz der Meere 74

Tod am Sonntag 90

Ostpreußische Feuersbrünste 99

Annas Gewerbe 104

Der Handyträger 113

Mona Lisa im Feuerofen 124

Hommage an Assekura 143

Heilung eines Nasenbluters 153

Borodino oder Die letzte Ordnung 160

In der Wirtschaft geht es zu wie in der Mathematik. Es gibt kein konservativ oder fortschrittlich, sondern nur ein richtig oder falsch.

Mit freundlichen Grüssen

Genug der großen Reden! Herr Ferneau hat sich um unser Haus verdient gemacht ... Wir werden Ihren Rat vermissen, Herr Ferneau ... Auf Menschen wie Sie können wir gar nicht verzichten, Herr Ferneau ... Gäbe es nicht unsere Betriebsordnung, die ein Ausscheiden mit fünfundsechzig Jahren zwingend vorschreibt ...

Ach, die schönen Trinksprüche während des gemeinsamen Mittagessens im Vorstandskasino! Danach Händeschütteln bis zur Schmerzgrenze. Am frühen Nachmittag verließ er das Haus, sprach länger als sonst mit dem Pförtner, der ihn beneidete um die gewonnene Freiheit.

Eine Firmenkarosse brachte Ferneau zu seinem Haus am Stadtrand. Ein zweiter Wagen folgte, beladen mit Sträußen, Blumenschalen, Weinkisten, Büchern, einem alten Stich seines Geburtsortes Stralsund, einem Fernglas, damit »der Pensionär Ferneau im Ruhestand seinen Weitblick behält«.

Die Kusche empfing ihn auf der Treppe.

»Wir haben nicht genug Vasen«, jammerte sie, als die Fahrer die Sträuße ins Haus trugen. Ferneau stand hinter der Gardine, sah sie davonfahren in ihren leeren Limousinen und fühlte sich erst in diesem Augenblick richtig verabschiedet. Die Kusche verstaute die Geschenke, gab Wasser in die Vasen, schuf auf den Fensterbänken Platz für den blühenden Segen.

»Einen Strauß können Sie mitnehmen«, sagte er der Kusche.

Sie entschied sich für einen Strauß später Astern, fragte, ob er noch Wünsche habe, sagte, als er verneinte, daß sie morgen wiederkommen werde, und schloß die Tür.

Eigentlich war das Haus zu groß für ihn. Das fiel ihm ein, als die Kusche gegangen war und er seine Kleidung wechselte. Vor zwanzig Jahren hatte er es bauen lassen mit dem Gedanken an eine mehrköpfige Familie. Sogar Bedienstete kamen in seiner Planung vor, ein Hausmädchen mindestens. Vor zwanzig Jahren war es noch nicht weltfremd, so zu denken. Die Einliegerwohnung im ersten Stock hatte er wiederholt der Kusche angeboten, mietfrei, versteht sich. Aber die wollte nicht. Sie hauste lieber in ihrer Altbauwohnung im vierten Stock, weil sie die Nachbarn kannte, Kinder in ihrer Nähe lebten und es viel Tratsch und Gerede gab, was die Kusche brauchte. Sechzehn Außenfenster, dreifach verglast, die Scheiben im Parterre mit Gitterstäben gesichert wegen der zu erwartenden Einbrüche. Die Dreifachverglasung diente hauptsächlich als Lärmschutz. Ferneau hatte sein Haus in die Nähe des Flughafens gebaut, damit sich bei seinen zahlreichen Reisen die An- und Abfahrten nicht zu Wochen und Monaten summierten und sein Leben verkürzten. Gegen Fluglärm half Dreifachverglasung. Kein Laut drang durchs Glas, kein Autohupen, kein Vogelzwitschern. Eine vollkommene Stille.

Am späten Nachmittag rief das Vorstandssekretariat an. Es seien noch einige Telegramme eingetroffen, darunter ein sehr hübsches von der Niederlassung in

Amerika. Die hätten wohl den Zeitunterschied nicht bedacht, deshalb die Verspätung. Auch Blumen seien noch gekommen und ein Brief von einem gewissen Herbert Köhler. Das müsse der sein, den Ferneau vor fünf Jahren wegen der Jugoslawienaffäre entlassen habe. Nun schickt er einen Brief zu Ferneaus Eintritt in den Ruhestand. Merkwürdig, nicht wahr?

Ein Firmenwagen brachte ihm, was verspätet eingetroffen war, auch den Brief dieses Köhler:

> »Es freut mich, Sie nun da zu wissen, wo ich schon lange bin, im Ruhestand. Sie hatten damals unrecht. Nach meiner Entlassung bekam ich des hohen Alters wegen keine Anstellung mehr. So mußte ich spazierengehen, im Garten arbeiten und Zeitung lesen, was mir gut bekommen ist. Das wird nun auch Ihre Beschäftigung sein, doch glaube ich, sie wird Ihnen nicht genügen. Menschen wie Sie brauchen die Anerkennung des gefüllten Terminkalenders, die Macht des Schreibtisches und ihres Telefons. Leben Sie wohl in Ihrem Ruhestand, wenn Sie können, Herr Ferneau.
> Mit freundlichen Grüßen
> Ihr Köhler«

Die kleine Bosheit eines Ehemaligen. Kleine Geister warten darauf, daß größere straucheln. Das erlaubt ihnen, ihr verbittertes Leben mit ein bißchen Schadenfreude aufzuhellen. Ferneau warf den Brief in den Papierkorb, hob ihn wieder auf und hielt die Flamme seines Feuerzeugs unter das Köhlersche Geschreibsel. Der Rest verbrannte im Kamin, wurde zu grauer Asche, die in Flocken emporwirbelte und sich in den Schornstein flüchtete.

Abends ging er in seine Einliegerwohnung. Da die Kusche sie nicht haben wollte, hatte Ferneau sie in eine Bücherablage verwandelt. Hier oben inmitten der Bücher wollte er viele Stunden seines Ruhestandes verbringen. Nur mit Büchern ist Altwerden zu ertragen, hatte sein Buchhändler immer gesagt, der längst verstorben war. Zwischen den Buchdeckeln in ferne Welten versinken, nur zu den Mahlzeiten wieder auftauchen, schlafen, träumen, lesen. Ferneau hatte Schöngeistiges und Fachliches für seinen Ruhestand zurückgelegt. Arabisch wollte er lernen; die Bücher dafür hatte er vor Jahren auf einer Geschäftsreise in Kairo erstanden. Arabisch ist die Zukunft! hieß es während der Ölkrise, als sein Unternehmen gute Geschäfte mit den reichen arabischen Ölstaaten machte. Einmal war auch Russisch die Zukunft, und bald wird es Chinesisch sein.

Sie sind im Unrecht, mein lieber Köhler. Walter Ferneau braucht keine hektische Betriebsamkeit zur Selbstbestätigung. Im Grunde ist er ein fauler Mensch, der sich darauf freut, lange zu schlafen. Außerdem besitzt er einen Garten, der in den Sommermonaten einen ganzen Mann erfordert und zu groß ist wie das Haus mit sechzehn Außenfenstern, wie die Büchersammlung für sein Älterwerden.

Nach Reisen stand Ferneau nicht mehr der Sinn. Er kannte die Welt von Alaska bis Feuerland, von Singapur bis Honolulu. Da wäre nur noch Ordnung zu bringen in seine vergangenen Reisen. Früher hatte das seine Frau erledigt. Sie hatte Fotoalben angelegt, Reiseandenken katalogisiert und Reiseanekdoten aufgeschrieben. Ferneau hatte es immer verstanden, Geschäftliches und Touristisches angenehm zu verbinden. An eine Geschäftsreise nach Brisbane schloß sich eine Autotour ins Innere des Kontinents an. Als die Firma den ersten Großauftrag aus Brasilien erhielt, nutzte Ferneau die Vertragsverhandlungen für einen Abstecher zu den Wasserfällen des Iguazú. Oft hatte er seine Frau mitgenommen, übrigens einer der Gründe, warum die Ehe kinderlos blieb. Mit Kindern bin ich ans Haus gefesselt, während du in der Weltgeschichte herumreist, hatte sie ihm gesagt. Nun war sie gestorben, vor drei Jahren, und die Bilder und Reiseerinnerungen lagen wie Kraut und Rüben in seiner Schreibtischschublade, warteten auf die ordnende Hand. Walter Ferneau vor der Hochhauskulisse Hongkongs. Mister Ferneau in Jokohama. Señor Ferneau auf den Stufen des Präsidentenpalastes in Lima.

Als das Reich der Mitte sich nach Maos Tod öffnete, gehörte er zu einer Wirtschaftsdelegation, die China bereiste.

»Wo ist der Deutsche aus Stralsund?« fragte Tschou En-lai.

Sie sprachen fünf Minuten über Stralsund, das Tschou von seiner Studienzeit in Deutschland kannte, ebenso Berlin, Breslau und Königsberg.

»Seien Sie unbesorgt«, sagte der Chinese zu Ferneau. »Diese Namen werden eines Tages wieder zu einem großen einigen Deutschland gehören, die Geschichte hat einen langen Atem.«

Bilder von einer Pressekonferenz in Düsseldorf. Sein Unternehmen hatte gegen schärfste internationale Konkurrenz einen Großauftrag aus Saudi-Arabien erhalten, Ferneau mitten im Bild mit einem weißumhüllten Muselmanen. Ferneau neben dem beleibten Idi Amin im offenen Straßenkreuzer. Ferneau im Schneegestöber auf dem Roten Platz in Moskau, der Jahreszeit angemessen im Schafspelz, mit Fellmütze auf dem Kopf und in schweren Kosakenstiefeln.

Es gehört zur PR-Arbeit großer Firmen, Fotos von ihren Empfängen und Pressekonferenzen an Personen von geschäftlicher Wichtigkeit zu verschicken, sofern sie vorteilhaft auf den Bildern getroffen sind.

»... Und dürfen wir Ihnen als freundliche Erinnerung an den Empfang im Ratskeller ein Foto übersenden ...«

Zu Hochglanzpapier geronnene Eitelkeit lag in seinem Schreibtisch, wäre zu ordnen, mit Daten und Namen zu versehen, eine Beschäftigung für lange Winterabende. Das gäbe ein Regal voller Alben, ein Archiv für die Nachwelt. Er würde es seiner Firma vermachen, die später auf das Material zurückgreifen könnte für Jubiläumsreden und Festschriften: So wurde unsere Gesellschaft nach dem Zweiten Weltkrieg aufgebaut und erlangte Weltgeltung, und ein gewisser Walter Ferneau war zu jener Zeit unser Repräsentant im Ausland.

Anfangs riefen die Mädchen aus dem Sekretariat häufig an. Meistens suchten sie Vorgänge, die Ferneau vor Jahren bearbeitet hatte. Sie suchten an der verkehrten Stelle, weil sie nicht wußten, daß Simbabwe früher Rhodesien hieß.

Noch immer kamen Briefe und Aufmerksamkeiten zu seiner Pensionierung. Auch diese Anfrage:

»Nun, da Sie in den Kreis der rüstigen Pensionäre getreten sind und etwas mehr Zeit haben, könnten wir uns doch treffen, lieber Herr Ferneau. Wir besitzen ein schönes Anwesen am Südhang des Teutoburger Waldes und laden Sie herzlich ein, uns einmal zu besuchen.«

Das schrieb der ehemalige Justitiar seiner Firma, den Ferneau flüchtig kannte, mit dem er nichts weiter teilte als die Gemeinsamkeit des wohlverdienten Ruhestandes. Kontaktsuche über die Altersgrenze hinaus, weiter nichts. Ferneau wollte sich die Sache mit dem Teutoburger Wald überlegen. Nach dem Tod seiner Frau hatte er ein wenig den Anschluß verloren, es gab keinen Bekanntenkreis mehr, nur die Kusche kam dreimal wöchentlich zum Putzen, sonst niemand.

Sie riefen immer seltener an. Er ertappte sich dabei, wie er morgens zeitunglesend neben dem Telefon saß und auf einen Anruf wartete. Es kam der Tag, an dem sein Telefon keinen Laut mehr von sich gab. Nicht einmal die Kusche rief an. Dennoch, er hatte genug zu tun, er langweilte sich nicht. Köhler, dieser unverschämte Mensch, irrte!

Eines Tages werden sie ihn auffordern, seine Erlebnisse im Dienste der Firma zu Papier zu bringen. Früher, wenn er, von Auslandsreisen zurückgekehrt, an der Mittagstafel seine Anekdoten erzählte, sagten sie immer: Mensch, Ferneau, das müssen Sie aufschreiben, das ist hochinteressant. Sie werden sich daran erinnern und ihm ein Diktiergerät ins Haus bringen. Ein Mädchen aus dem Sekretariat wird Ferneaus Erlebnisse im Dienste des Unternehmens abtippen, die Firma wird die Druckkosten tragen und seine Broschüre in alle Welt versenden. Ferneau wollte es kostenlos tun, er wollte nichts daran verdienen ... Aber nein, es meldete sich niemand. Sie waren so in ihre täglichen Geschäfte verstrickt, daß sie keinen Nerv besaßen für die Bewahrung historischer Begebenheiten, sie fingen an, Ferneau zu vergessen.

Schließlich rief er in der Firma an, weil er eine Bescheinigung für das Finanzamt brauchte. Später ließ er sich den Berechnungsmodus seiner Betriebsrente erklären. Von der Personalabteilung erfragte er den Geburtstag eines früheren Kollegen, dem er Glückwünsche schicken wollte.

Wann immer Ferneau sich telefonisch in der Firma meldete, er wurde bevorzugt bedient. Sie erkundigten sich nach seinem Wohlbefinden und den privaten Unternehmungen, fragten nach möglichen Reisen. Er erfuhr, daß kürzlich der Energieminister von Malaysia im Hause gewesen sei und nach ihm gefragt habe. Sie hätten ein Treffen mit Ferneau arrangieren wollen, aber der Herr Minister habe keine Zeit gehabt.

Als sie in der Telefonzentrale eine neue Kraft einstellten, geschah es, daß Ferneau eines Morgens hörte: »Bitte warten Sie!«

Zum Weihnachtsfest kamen die üblichen guten Wünsche, aber nicht mehr so viele Weinkisten und Whiskyflaschen. Ferneaus Wert war gesunken. Seine alte Auslandsabteilung schenkte ihm zum ersten Weihnachtsfest im Ruhestand ein Aquarium mit Zierfischen. Sein Nachfolger überreichte ihm das Geschenk persönlich und blieb eine Stunde, während der Ferneau von früheren geschäftlichen Expeditionen nach Ceylon und Mexiko erzählte. Lautlos standen die stummen Tiere im grünen Wasser. Vielleicht wäre es besser gewesen, ihm einen krächzenden Papagei oder eine Kuckucksuhr zu schenken.

Als Ferneau im neuen Jahr die Buchhaltung anrief, hielt die es nicht mehr für selbstverständlich, sein Gespräch zum Abteilungsleiter durchzustellen. Die Auskunft, die er wünschte, könnte ihm auch Buchhalter Meyer geben. Was früher nie vorgekommen war, hörte er jetzt häufiger: »Darf ich zurückrufen, Herr Ferneau? Ich befinde mich gerade in einer wichtigen Besprechung.«

Sie hatten keine Zeit mehr für ihn.

Rasmus aus der Rechtsabteilung ließ sich verleugnen. »Herr Rasmus ist außer Haus«, hauchte die Sekretärin ins Telefon. Auch abends bei Rasmus privat: »Mein Mann ist leider nicht da, Herr Ferneau.«

Ferneau vermutete den Kerl vor dem Fernseher, wo er Fußball sah oder einen Krimi.

Wie schnell sie sich von ihm entfernten, diese Leute, die früher Tag und Nacht für Ferneau zu sprechen gewesen waren. Natürlich lag es nicht an Arbeitsüberlastung oder Zeitmangel, sondern allein an der wachsenden Bedeutungslosigkeit Ferneaus. Wenn einer sagt: Ich habe keine Zeit, heißt das ins wahre Deutsch übersetzt: Ich habe Wichtigeres als dich!

Ferneau gehörte nicht mehr zu den Persönlichkeiten, mit denen man sich gut stellen mußte, die es zu kennen galt, weil es Vorteile brachte. Sein Unmut konnte keinem schaden, sein Wohlwollen keinem nutzen. Nun begriff er, warum leitende Herren sich nach Erreichen der Altersgrenze gern einen Platz im Aufsichtsrat reservieren lassen. Weiß Gott nicht wegen der paar tausend Mark Aufsichtsratsvergütung. Sie wollen eine Person von Wichtigkeit bleiben, nicht mit dem Ruhestand in die Bedeutungslosigkeit stürzen. Wer dem Aufsichtsrat angehört, wird umschmeichelt und verehrt, da wagt niemand zu sagen: Ach, darf ich zurückrufen, Herr Ferneau, ich habe gerade Wichtiges zu tun.

Ferneau schränkte seine Anrufe in der Firma erheblich ein. Nicht er brauchte die Firma, sondern sie brauchte ihn. Es gab Vorgänge, die ohne Ferneaus Hilfe nicht zu finden waren. Da wäre zum Beispiel Katanga. Als Katanga in aller Munde war, gingen die Mädchen aus dem Sekretariat noch in den Kindergarten. Kein Mensch findet die Unterlagen über die Turbinenlieferungen für die Bergwerke in Katanga. Sie werden ihn bitten, ins Haus zu kommen und zu helfen. Ferneau wäre nicht überrascht gewesen, wenn sie ihm angeboten hätten, ein kleines Büro in seiner Privatwohnung einzurichten mit Schreibdame und internationalem Telefonanschluß. Er kannte so viele Persönlichkeiten. Wie nützlich könnte er seinem Unternehmen noch sein. Aber nein, sie hielten sich an die Betriebsordnung, die jeden Mitarbeiter mit 65 Jahren zum alten Eisen wirft. Und wenn Katanga nicht zu finden ist, dann ist es eben nicht zu finden. Darin liegt der große Irrtum aller Unentbehrlichen: Sie unterschätzen die Gleichgültigkeit der anderen.

Beim Durchstöbern seiner Papiere fand er den braunen Briefumschlag, den seine Frau noch mit Gummibändern umwickelt hatte. Er wußte sofort, was er enthielt. Das waren ein paar hundert bedruckter Karten, hellblau, hellgrün, hellbraun, vor allem aber weiß. Bedruckt wäre nicht richtig ausgedrückt, verziert waren sie mit unterschiedlichen Schriftzeichen, sogar Arabisch, Chinesisch, Japanisch und Russisch kam vor. Einige Karten trugen Familienwappen, andere Firmenembleme und stolze Nationalfarben. Das war Ferneaus Sammlung von Visitenkarten. Auf jeder Geschäftsreise hatte man ihm ein Dutzend zugesteckt. Seine Frau hatte sie alphabetisch geordnet von A wie Adam, Prokurist der Vereinigten Hefewerke, bis Z wie Ziemer, Reisender in Weinen. Ein buntes Bilderbuch der Namen und Titel, mehr als ein Kilo schwer, vom ideellen Gewicht ganz zu schweigen. Ferneau löste das Band, warf den Packen an die Decke. Die Karten flatterten wie ein aufgeschreckter Vogelschwarm auseinander, fielen raschelnd auf den Teppich, bedeckten ein Areal von dreimal drei Metern: ein Stillleben mit Visitenkarten. Wahllos hob er ein Kärtchen auf: der Autovertreter Meyerhold. Seit Jahren fuhr Ferneau Firmenwagen, trotzdem schickte ihm dieser Meyerhold, über den er einmal einen Zweitwagen für seine Frau gekauft hatte, zu jedem Jahreswechsel einen Autokalender mit hübschen Fotos von Oldtimern.

Ferneau schlenderte zum Telefon und wählte Meyerholds Nummer.

»Herr Meyerhold ist nicht mehr in unseren Diensten«, piepste eine Frauenstimme. »Darf ich Sie mit seinem Nachfolger verbinden?«

Danke. Ferneau legte auf. Könnte es sein, daß auch Meyerhold schon im Ruhestand lebte? So alt hatte der gar nicht ausgesehen. Er warf Meyerholds Karte in den

Papierkorb, besann sich aber, holte die Karte aus dem Abfall und legte sie zu den anderen. Bevor die Kusche sein Visitenkartenstilleben in den Müll kehren konnte, sammelte Ferneau die Karten in eine Plastiktüte und trug sie zu seinem Schreibtisch. Dabei stieß er auf ein paar Dutzend eigener Karten. Jahr für Jahr hatte seine Firma neue Visitenkarten für ihre leitenden Angestellten drucken lassen, stets so zahlreich, daß trotz großzügiger Verteilung einige übrigblieben. Wem sollte Ferneau noch Visitenkarten überreichen? Seinem Briefträger, dem Taxifahrer oder der Kusche? Außerdem stimmten seine Karten nicht mehr, hinter dem Titel »Generalbevollmächtigter« fehlten die Buchstaben i. R.

Eines Nachts holte er die Plastiktüte an sein Bett. Er breitete die Kärtchen auf der Decke aus, versuchte, sich der Menschen zu erinnern, die hinter diesen Karten standen. Ihn überkam, nachts um halb eins, das Gefühl, mit der großen Welt verbunden zu sein. Das Bett des Walter Ferneau als Mittelpunkt des Globus, jedes Kärtchen ein Verbindungsfaden, eine Straße, die von einem gedachten Zentrum sternförmig auslief in die Himmelsrichtungen und Erdteile. Eine Spinne saß in ihrem Netz und knüpfte Fäden über Meere und Kontinente.

»Darf ich Ihnen meine Karte überreichen, Herr Ferneau?« Wie oft hatte er das gehört. Was mag aus ihnen geworden sein? Lebten sie noch? Waren sie zu Präsidenten großer Gesellschaften aufgestiegen oder in mittelmäßiger Versenkung verschwunden? Hinter jeder Karte steckte eine Geschichte, ein aufregendes Leben. Bücher ließen sich füllen mit diesen Karten, wenn er nur die Phantasie besessen hätte.

Er griff mit geschlossenen Augen in das Kartenbündel und zog Harry Lime. Wer war Harry Lime? Doch nicht der aus dem »Dritten Mann«. Ferneau mußte mit einem Menschen dieses Namens geschäftlich zu tun gehabt haben, erinnerte sich aber nicht mehr der näheren Umstände. Nur Name, Adresse und Telefonnummer standen auf der Karte, keine Firma, kein Titel. So sind die Vornehmen, sie stapeln tief, schleudern dir stolz ihren Namen entgegen, weiter nichts als Harry Lime.

Als er am Morgen die Nummer wählte, meldete sich eine Frau Laskowski.

»Kann ich Herrn Harry Lime sprechen?«

»Nee, wohnt nich bei uns, is hier auch nie gewesen.«

Knacks, weg war sie, die Laskowski.

Wer war Harry Lime? Hatte er ihn getroffen, als er wegen einer Niederlassung in Irland verhandelte? Irland war damals groß im Gespräch, weil es billige Arbeitskräfte und Steuervergünstigungen bot, auch dem europäischen Markt nahe lag. Das Projekt zerschlug sich, als die IRA anfing, Manager zu entführen, und der Nordteil der Insel in einem mittelalterlichen Religionskrieg versank. Harry Lime könnte ein Irländer sein.

Ein Party-Dienst bot »Außer-Haus-Gastronomie« an. Die Karte enthielt Ferneaus handschriftlichen Vermerk: »Wenn wir Silberhochzeit feiern.«

Das hatte sich erübrigt. Zu einer Silberhochzeit im Hause Ferneau ist es nie gekommen. Dreiundzwanzig Jahre waren sie verheiratet. Seine Frau, eine ehemalige Sekretärin aus der Firma, hatte Ferneaus Bücher geführt, die Reisealben beschriftet und die Visitenkarten geordnet. Niemand konnte das besser als sie.

Viktor Pomerantsew, Konsul der UdSSR. Ob der sich seiner noch erinnerte? Es ging um die Zulieferungen zum großen Automobilprojekt an der Kama. »Brüderchen, Brüderchen, besuch mich mal in Petropoprowsk! Wir werden wilde Schweine jagen!«

Das Generalkonsulat sagte, Viktor Pomerantsew sei nicht mehr da.

»Wo kann ich ihn erreichen?« fragte Ferneau.

Die Dame am Telefon bat sich Bedenkzeit aus. Statt ihrer meldete sich der Herr Generalkonsul persönlich. Der Genosse Pomerantsew sei zum Sekretär in Kasachstan befördert worden. Wenn Ferneau es wünsche, werde er die genaue Adresse beschaffen.

Ja, bitte drum. Ferneau wollte nach Kasachstan schreiben.

Eine Ministerialdirigentin aus dem Wirtschaftsministerium fiel Ferneau in die Hände. Mit ihr hatte er in Bonn beim kalten Buffet das Vergnügen gehabt. Sie versuchte, ihm das Essen zu verleiden mit ihrer Kohlenstoffkatastrophe. Zu einer Zeit, als noch niemand das Wort Umweltschutz in den Mund nahm, malte sie, behaglich Hummer und Hackfleischbällchen kauend, Weltuntergänge aus. Ihre Apokalypse hieß Kohlenstoff. Wir lösen gebundenen Kohlenstoff auf, indem wir Erdöl und Kohle aus der Tiefe holen und in die Atmosphäre blasen. Die Ministerialdirigentin ließ – das geschah zur Zeit der großen Koalition in Bonn – eine Wärmeglocke über dem Globus entstehen und das Eis der Pole schmelzen. Städte wie London und Hamburg ersäufte sie in gewaltigen Fluten, auch verlegte sie die Nordseeküste an den Fuß der Harzberge.

Einige Karten hatte Ferneau mit handschriftlichen Zusätzen versehen. »Wichtiger Mann« stand auf der Rückseite eines Grafen aus Oldenburg. Besaß der Graf Beziehungen zum Ausland, zu den Ministerien oder zum Bauernverband ? Ferneau wußte es nicht mehr. Als er die Telefonnummer wählte, meldete sich ein Düngemittelhandel. Nein, von einem Grafen wisse man nichts.

Seine Kartensammlung enthielt den Bundestagsabgeordneten einer Partei, die schon lange jenseits der 5-Prozent-Klausel verschwunden war, und einen roten Zettel mit Herzchen:

> »Wir sind vier hübsche junge Mädchen und möchten Sie gern verwöhnen.
> Rufen Sie doch mal an. Tel. 48 13 14«

»Gleich vier!« hatte Ferneau auf der Rückseite notiert. Das war 1973 in Berlin. Sein Auto parkte am Ku'damm. Als er vom Essen kam, fand er den Zettel unter dem Scheibenwischer und hatte ihn seiner Frau gegeben. Die hatte das Angebot als Kuriosität in die Kartensammlung aufgenommen.

Was war mit Gisela Rappe los? Ihr Anrufbeantworter teilte mit, die Meisterin befinde sich zur Zeit auf Reisen. Ferneau möge Geburtstag und Geburtsstunde aufs Band sprechen, Frau Rappe werde ihm ein unverbindliches Angebot schicken.

Diese Vielfalt. Es gab die Karten goldgerändert oder pechschwarz mit goldenen Lettern. Firmenzeichen kamen reichlich vor, Sterne, Türmchen und Adler. Hoflieferanten aus Kopenhagen und London führte er in seiner Sammlung, in der zu wühlen ihm von Tag zu Tag größeren Spaß bereitete. Zahlreichen Karten sah man das Provisorische an. Zettel, die in Eile vor Hoteleingängen oder auf Bahnhöfen aus Notizblöcken gerissen worden waren. So fand er Lieselotte Dahlmann aus Bad Oeynhausen auf brauner Pappe. Eine Kurbekanntschaft. Nach dem Tode seiner Frau hatten ihm Freunde eingeredet, er brauche dringend eine Kur. So fuhr er nach Bad Oeynhausen, obwohl er sich nicht kurbedürftig fühlte. Dort stellte sich ihm die Dahlmann als Französischlehrerin vor. Sie war fasziniert von seinem Namen. Ob er von den Hugenotten abstamme oder aus napoleonischer Besatzungszeit, wollte sie wissen. Hugenotten galten ihr als etwas Edles. Sie hätte sich gern einem Manne verbunden, dessen Vorfahren um des Glaubens willen fliehen mußten, im liberalen Preußen Aufnahme fanden und dort große Dinge verrichteten.

Nach der Kur mußte Ferneau geschäftlich für sechs Wochen nach Südafrika, da war sie ihm abhanden gekommen, die Dahlmann. Nur ein braunes Stück Papier mit Anschrift und Telefonnummer fand sich, und eine mürrische Männerstimme sagte: »Meine Frau ist nicht zu Hause. Kann ich etwas ausrichten?«

Mensch, damals in Bad Oeynhausen war die Dahlmann nicht verheiratet!

Weiß wie Schwarz, Lerche wie der Vogel, Jade wie der Busen, so hießen die Menschen auf seinen Karten. Ein Verrückter namens Storcke gab sich als wissenschaftlicher Berater für Meerestechnologie bei Prof. Dr. Teng, Shanghai, aus. Das ist das großartige mit diesen Karten. Du kannst drucken lassen, was du willst. Sohn des Himmels darfst du schreiben, Tutenchamun oder Ritter mit der eisernen Faust. Das Papier ist geduldig, und es gibt kein Gesetz, das die Wahrheit auf Visitenkarten regelt.

»Lokal der Deutschen Jägerschaft«, hieß es auf einer Karte aus dem norddeutschen Städtchen Diepholz.

»Hier gibt es echten Hirschbraten und keine importierte Antilope«, sagte Ferneaus handschriftlicher Zusatz.

Ein Ägypter, der Gebrauchtwagen für Kairo kaufen wollte, hatte ihm seine Adresse zugesteckt. Das geschah an einem Buß- und Bettag in der Hamburger Innenstadt, als Ferneau vor einer roten Ampel halten mußte. Er zahle gute Preise, schrie er durchs geöffnete Wagenfenster.

Irgendwo lagen auch seine Karten, wohl an die tausend Stück, verstreut jenseits der Meere auf allen Kontinenten. Sie fanden sich in gestohlenen Brieftaschen und verstaubten in abgelegten Mänteln. Gewiß, die meisten werden durch den Reißwolf gegangen sein, ein Teil schlummert als Karteileiche in den Sekretariaten großer Firmen. Aber die größten Feinde aller Visitenkarten sind die Wäschereien. Was in den Brusttaschen der Jacken und Mäntel bleibt, schrumpft in der scharfen Reinigungslauge zu unlesbarem Brei.

In der Erinnerung kam ihm das Ritual des Kartentausches, dem er sich oft hingegeben hatte, lächerlich vor. Du greifst in die Brusttasche wie ein Troubadour ans Herz: »Darf ich Ihnen meine Karte überreichen?« Dein Gegenüber nickt huldvoll, revanchiert sich augenblicklich, zückt die Brieftasche und entnimmt sein Kärtchen. Leichte Verneigung wie die Vögel in der Balz.

»Rufen Sie doch mal an.«

Visitenkarten sind Zeichen eines gehobenen Ranges. Wer sie drucken läßt, möglichst auf Kosten seiner Firma, dokumentiert Wichtigkeit. Nicht wenigen ist es schon genug, ihre Karten loszuwerden. Kartenverteilen gilt als Erfolg an sich. Zwanzig Karten pro Woche, dann bist du tüchtig. Hinter jeder Karte steckt Absicht. Geschäfte wollen sie machen oder Aufmerksamkeit erregen, dem eigenen Namen Druckerschwärze verleihen, ihm seine Flüchtigkeit nehmen. Wie diese Hedwig Richter, von Beruf Dichterin, eine mittelalterliche Dame, die bei Betriebsfeiern und Familienfesten die poetische Ausschmückung übernehmen wollte und sich mit folgendem Reim auf ihrer Visitenkarte empfahl:

»Suchen Sie einen Denker und Dichter?
Stets zu Diensten, Ihre Hedwig Richter.«

Ein Professor der Jurisprudenz, Mitglied des Aufsichtsrats einer Elektrofirma, war in seine Sammlung geraten. Ferneau speiste mit ihm, wie der handschriftliche Zusatz verriet, vor zehn Jahren im »Bayerischen Hof«. Einige seiner handschriftlichen Vermerke ließen sich schwer einordnen. Es kamen Worte vor wie Schmeichler, arrogant, politisch extrem oder korrupt. Was hatten sie verbrochen, die so beurteilt wurden? Womit hatten sie sich verraten?

Der Hinweis »Reeperbahn« ließ sich dagegen leicht entziffern. Das war jener Geschäftsmann aus dem frommen Süden, der zu Vertragsverhandlungen in den Norden gereist kam und von seinem Partner per Fernschreiben verlangte, er möge einen nächtlichen Reeperbahnbummel, Bordellbesuch eingeschlossen, auf Spesenrechnung organisieren.

Was steckte hinter Nummer 68 01 39?

»Wäscherei Kuhlwein?«

»Verzeihung, ich habe wohl falsch gewählt.«

93 15 28 . . .

»Ich möchte Herrn Dr. Körte sprechen.«

»Herr Dr. Körte ist vor zwei Jahren verstorben.«

»Verzeihung, das habe ich nicht gewußt.«

Der kanadische Botschafter, inzwischen längst abberufen, gab sich die Ehre eines Empfanges. »Oh, Sie müssen zur Bärenjagd an die Hudsonbay kommen, Ferneau!«

Erstaunlich, wie wenige er antraf. Immer wieder hörte er: verzogen, verstorben, aus unseren Diensten geschieden, kein Anschluß unter dieser Nummer.

Doch in Lübeck hatte er Glück, Fegelein war sofort am Apparat. »Ehrlich gesagt, ich kann mich nicht an Sie erinnern«, sagte er.

»Sie haben mir 1979 Ihre Visitenkarte gegeben«, erklärte Ferneau.

»Lieber Himmel! Ich habe in meinem Leben an die tausend Visitenkarten verteilt. Für wen arbeiten Sie denn?«

Ferneau sprach über das Skandinaviengeschäft im Jahre 1979. »Damals fuhren wir gemeinsam mit der Finnjet nach Helsinki.«

Daran erinnerte sich der Mann aus Lübeck.

»Ja, eine schöne Reise, aber nun konkret, was kann ich für Sie tun?«

Ferneau schwieg betroffen. Nach einer Pause sagte er

leise: »Eigentlich nichts, ich bin schon pensioniert, ich wollte nur mal anrufen, um mit Ihnen zu plaudern. Wollten Sie nicht eine Insel in den Schären kaufen?«

»Leider haben Sie einen furchtbar ungünstigen Zeitpunkt erwischt«, sagte Fegelein. »Ich steh' in Hut und Mantel und muß auf den Bau. Geben Sie mir mal Ihre Telefonnummer . . .«

»Sie haben doch meine Visitenkarte«, unterbrach ihn Ferneau. »Ich heiße Ferneau, Ferneau mit F. Auf der Karte steht die Telefonnummer . . .«

Weg war er, der eilige Mann.

Er wird die Insel in den Schären nicht bekommen haben, dachte Ferneau. Es ist sehr schwer, Inseln in den Schären zu erwerben, die Skandinavier verkaufen ihre Felsen nur ungern.

Er fand einen Larry P. MacDonald, Member of Congress. Das war der amerikanische Senator, der in einem südkoreanischen Flugzeug saß, als es über Sachalin abgeschossen wurde. Vor Jahren hatte Ferneau neben dem Mann in einer Maschine nach Hongkong gesessen und zugehört, wie Mr. MacDonald sich die Ausrottung des Kommunismus vorstellte.

Ja, der Tod hatte furchtbare Ernte in seiner Sammlung gehalten. Von Tag zu Tag registrierte Ferneau mehr Ausfälle, seine Visitenkarten wuchsen zu einem gewaltigen Leichenberg.

Anruf bei Herrn Günther Hellenbrand.

»Firma Hellenbrand existiert nicht mehr.«

»Und Herr Hellenbrand?«

»Der ist tot.«

»Schon lange?«

»Er starb gleich nach dem Konkurs seiner Firma.«

»Was betrieb die Firma eigentlich?«

»Es war ein Dachdeckereibetrieb.«

Ja, nun fiel es Ferneau wieder ein. Während des Capella-Orkans im Januar 1976 wirbelten in ganz Mitteleuropa die Dachpfannen durch die Luft. Danach rief die Firma Hellenbrand bei ihm an und empfahl sich für Reparaturarbeiten. Weil weitere schwere Stürme ausblieben, ist das Unternehmen später in Konkurs gegangen. Das wiederum brach das Herz des Firmeninhabers.

Immerhin, der Leiter seiner Bankfiliale lebte noch. Seine Visitenkarte nutzte Ferneau regelmäßig, wenn er in der Bank anrief, um Bezugsrechte auszuüben oder Anleihen zu zeichnen. Das ist das angenehme an diesen Banken. Für sie bleibst du auch im Ruhestand eine wichtige Persönlichkeit, solange Depots und Konten wachsen. Der Filialleiter begrüßte ihn nach wie vor mit Handschlag.

Seydlitz, ein Name von preußischem Pulverdampf umhüllt. Dann die traurige Auskunft: »Herr von Seydlitz befindet sich in einem Seniorenheim im Weserbergland.«

So endete Preußen.

Ferneau wußte sehr wohl, daß auch er eines Tages ein Seniorenheim aufsuchen mußte. Noch hatte es Zeit damit. Die Kusche könnte notfalls jeden Tag kommen, um ihn zu betreuen, vielleicht zieht sie doch noch in die Einliegerwohnung.

Eine beängstigende Vergänglichkeit. Da lagen Hunderte von Namen und Telefonnummern vor ihm ausgebreitet, aber kaum jemand war zu erreichen. Verstorben, verzogen, keine Zeit. Wie schnell diese Kartenhäuser mit ihrer aufgeblasenen Wichtigkeit einstürzen! Makulatur, Altpapier.

»Herr Witte ist bei einem Verkehrsunfall ums Leben gekommen.«

»Ach, das tut mir aber leid.«

»Nach langer, schwerer Krankheit verstorben, statt Blumen bitte eine Spende ...«

»Dr. Genrich ist nach Südamerika ausgewandert. Er hat vor zwei Jahren seine Praxis aufgegeben und ist einfach verschwunden.«

Das hatte er dem Doktor Genrich gar nicht zugetraut. Einfach eintauchen ins Nirwana, verschwinden im Dschungel des Amazonas, die Patientenkartei und alle Visitenkarten mitnehmen und sie den Piranhas zum Fraß vorwerfen.

Ferneau stellte sich vor, wie irgendein Sekretariatsleiter den Auftrag erteilt, die Sammlung wichtiger Geschäftsadressen auf den neuesten Stand zu bringen. Ein kleines dummes Mädchen stößt auf die Visitenkarte des Generalbevollmächtigten Ferneau.

»Ferneau?« wird sie fragen. »Brauchen wir den noch?«

»Nein«, wird der Herr Sekretariatsleiter antworten, »der ist längst im Ruhestand, der kann in den Papierkorb.«

Sein langjähriger Weinvertreter Ziemer meldete sich sofort.

»Schön, daß Sie anrufen!«

»Ich will aber keinen Wein bestellen«, sagte Ferneau.

»Das ginge auch gar nicht«, erwiderte Ziemer. »Ich bin längst im Ruhestand.«

Sie sprachen eine halbe Stunde und verabredeten sich

für den folgenden Tag in einem Café in der Innenstadt. Was danach folgte, wurde kurz im Polizeibericht erwähnt. Die Zeitungen schrieben darüber unter der Rubrik »Kuriosa«: Zwei ältere Herren stiegen, nachdem sie im »Lindeneck« reichlich Kaffee und Weinbrand getrunken hatten, am späten Nachmittag die vierhundertzwanzig Stufen zur Aussichtsplattform des Domes hinauf. Oben entleerten sie im Beisein erstaunter Besucher eine Plastiktüte mit Visitenkarten. Es sah aus wie auf einer Konfettiparade in New York. Zur Rede gestellt, erklärten die wunderlichen Alten, sie brauchten keine Visitenkarten mehr, weder eigene noch fremde. Einige Karten sind in den Bäumen des Parks und auf den Dächern der Stadt liegengeblieben, die meisten aber hat der Wind in den Fluß getrieben.

Wochen später, nach den ersten Herbststürmen, fanden Spaziergänger am einsamen Strand von Norderney gelegentlich eine Visitenkarte.

Wenn einer sagt, ich habe keine Zeit, heißt das in Wahrheit: Ich habe Wichtigeres als dich.

Vesperle oder Die Freuden des Kapitalisten

Lieber Sohn, wenn Du diesen Brief öffnest, weile ich nicht mehr unter den Irdischen. Du bist an meine Stelle getreten und in den Kreis derer aufgestiegen, die vom Kapital leben. Vergiß, was Deine Lehrer Dir von dem bösartigen Tier namens Kapitalismus erzählt haben. Vergiß den bärtigen Menschen, der behauptete, wir Kapitalisten könnten nur nach dem Motto leben: Nach uns die Sintflut! Das Schönste, was er mit seinem Marxismus in mehr als hundert Jahren hervorgebracht hat, sind die drei Marx-Töchter, und die leben auch nicht mehr. Schlage Dir den Poeten Brecht aus dem Kopf, dem Aktien verhaßter waren als Einbruchwerkzeuge. Bertolt wußte nicht, daß Aktien die Speisekammertüren zu öffnen vermögen, wohingegen ein Dietrich vor dem kleinsten Tresor versagt.

Diesem letzten Brief an Dich habe ich fünfzig Papiere beigelegt, Dein einziges Erbe. Laufe nicht gleich zur Börse, sie zu verkaufen, sondern höre erst ihre Geschichte. Ohnehin rate ich Dir, jenen unheiligen Ort zu meiden, er ist kein Umgang für Dich. Seit der Herr die Schacherer aus dem Tempel jagte, haben wir die Börse, an der geschwitzt, gebetet, sauer aufgestoßen und geschrien wird. Die wahren Freuden eines Kapitalisten genießt man nicht an der Börse. Um ihrer habhaft zu werden, mußt Du allen ideologischen Vorurteilen entsagen. Laß Dir nicht einreden, Du seiest ein Profiteur und Ausbeuter, der die Welt in Zinsknechtschaft hält und vom Blute der Werktätigen lebt. Verzichte auf den Sachverstand derer, die an der Börse herumschreien. Bezugsrecht, Rendite, Dividende und Kapitalerhöhung sollten Dir gleichgültige Begriffe sein, das Kurs-Gewinn-Verhältnis muß Dir böhmisch vorkommen, Cashflow gehört in die großen amerikanischen Ströme und nicht in Deine Portefeuilleüberlegungen. Stehe nie gaffend vor den Schaufenstern der Großbanken, um die Kurse zu studieren. Nicht der Kurszettel sollte Dich faszinieren, sondern der Speisezettel, denn die Papiere, die ich Dir hinterlassen habe, sind keine Kapitalanlagen, sondern Eintrittskarten zu gutem Essen und Trinken. Du wirst feststellen, daß jedes Papier den Namen einer anderen Gesellschaft trägt. Ich legte meine bescheidenen Mittel nach dem Prinzip des Streuens und Mischens an, um mit dem geringsten Kapitaleinsatz den größten Nutzen aus den Aktien zu ziehen. Eine Aktie genügt, um die vollen Rechte eines Aktionärs wahrzunehmen. Sie müssen Dich zu allen Veranstaltungen einladen, wie das Gesetz es befiehlt. Du kannst Reden halten und Fragen stellen, Protest anmelden und Widerspruch zu Protokoll geben. Natürlich kannst Du nicht erwarten, daß sie Kleinaktionäre in den Aufsichtsrat wählen. Diese Position, die etwas mehr einbringt als gutes Essen, behalten sich die Großen selbst vor. Ein Aufsichtsratsmandat sollte nicht Dein Lebensziel sein, denn es ist mit etwas Arbeit verbunden, auch mußt Du gewissen Sachverstand vortäuschen.

Den eigentlichen Nutzen ziehen wir Vesperleaktionäre

aus einer Veranstaltung, die in der modernen Sprache shareholders meeting genannt wird. Das Gesetz verlangt, daß die Gesellschaften ihre Aktionäre wenigstens einmal im Jahr zusammenrufen, um über den Lauf der Geschäfte zu berichten. Dabei hat sich der Brauch herausgebildet, die anreisenden Aktionäre angemessen zu verköstigen, eine Gewohnheit, die auf der alten Volksweisheit gründet, wonach Zuneigung durch den Magen geht und ein voller Bauch nicht gern studiert, schon gar nicht Bilanzzahlen. Psychologen haben herausgefunden, daß die notwendigen Beschlüsse einer Aktiengesellschaft am besten beim Verzehr von Fleischklößchen in Tomatentunke gefaßt werden. Der Wert der verabreichten Speisen und Getränke liegt weit über dem Ertrag an Dividenden. Hinzu kommt, daß das Essen kapitalertragsteuerfrei serviert wird. Da sich jeder Mensch nicht mehr als satt essen kann, der Großaktionär mit seinen fünfzigtausend Stimmen auch nicht mehr auf den Teller bekommt als Du, wirft der Besitz einer einzigen Aktie einen unverhältnismäßig hohen Profit in Naturalien ab. In bezug auf das Essen gilt noch immer der schöne demokratische Grundsatz: One man, one vote.

Bevorzugt habe ich Aktien linksrheinischer Gesellschaften in mein Depot genommen. Sie neigen dazu, nach Erledigung der Regularien die Aktionäre in Busse zu laden und zur guten französischen Küche über die Grenze zu fahren. Solche Ausflüge sind Höhepunkte im Leben eines Vesperleaktionärs, der ansonsten nur dürftige Beziehungen zum Ausland unterhält; die hohen Reisekosten stehen einem Engagement in Paris, London oder Mailand im Wege.

Du bist gut beraten, Dich nicht sonderlich um die Geschäfte zu kümmern, die Deine Gesellschaften betreiben. Bei Abstimmungen entschied ich mich stets für den Vorschlag der Verwaltung und erntete dafür, obwohl meine Stimme kaum ins Gewicht fiel, Lob und Dankbarkeit. In tausendzweihundert Hauptversammlungen, die ich besuchte, ergriff ich nie das Wort. Es genügte mir, im olympischen Geiste dabeizusein und meinen Leib zu stärken. Nicht zu unterschätzen sind die immateriellen Vorteile solcher Veranstaltungen. Während der Hauptversammlung sind wir Aktionäre Personen von herausgehobener Bedeutung, man hofiert uns, lobt den Weitblick unserer Anlageentscheidung und spricht nur Gutes. Das temporäre Wohlbefinden, das nur wenige Stunden anhält, läßt sich vervielfältigen, wenn du statt fünfzig Aktien von einer Gesellschaft eine Aktie von fünfzig Gesellschaften besitzt. So wirst du an fünfzig Tagen im Jahr zu einer bedeutenden Persönlichkeit, der Glanz der Hauptversammlungstage fällt auf den Rest des Jahres und nimmt ihm seine düsteren Schatten.

Ich habe die Papiere alphabetisch nach Firmennamen geordnet. Jeder Aktie sind die Speisekarten der letzten drei Hauptversammlungen beigeheftet, so daß Du eine Auswahl nach Deinem Geschmack treffen kannst. Wie ich weiß, verabscheust Du Kartoffeln, also kannst Du Dich für jene Gesellschaften entscheiden, die es mehr mit Spätzle, Reis oder Glasnudeln halten. Ähnlich den bekannten Hotelführern habe ich die Aktien mit Sternen versehen. Sie sagen aus, was ich von der Bewirtungskunst der Unternehmen halte. Drei Sterne vergab ich an dreigängige Menüs, die von einem in Paris ausgebildeten

Koch zubereitet wurden. Längst verkauft habe ich die Volksaktien jencr Großgesellschaften, die es bei einer Massenabfertigung mit Bockwurst und Kartoffelsalat bewenden lassen. Sie wissen nicht, in welchen Armeleutegeruch sie ihr Unternehmen mit einer so dürftigen Speisung der Zehntausend bringen.

Als Vesperleaktionär mußt Du unbedingt auf die Entfernungen achten. Wolfsburg habe ich aus meinem Portefeuille gestrichen, weil die Fahrtkosten die gesamte Nahrung plus Dividende aufzehren. Lohnend sind Gesellschaften mit Sitz an Rhein und Ruhr, deren Hauptversammlungen für drei Mark fünfzig per Schnellbahn erreichbar sind. Auch im Rhein-Main-Gebiet, wo die Aktiengesellschaften neuerdings in den Himmel wachsen, hast Du Gelegenheit, im Nahverkehrsverbund zwei Hauptversammlungen am selben Tage zu bewältigen und Dich gut zu versorgen.

Unter den fünfzig Aktien befindet sich nur eine aus dem Ausland, das Papier einer elsässischen Elektrizitätsgesellschaft. Sie brachte mich wenigstens einmal im Jahr zur elsässischen Küche. Du kannst in dieser Hinsicht natürlich anders disponieren. Wenn Dir nach einem französischen Mahl mit Champagner zumute ist, kaufst Du Dir kurz vor der Hauptversammlung die Aktie einer französischen Petroleum-Gesellschaft und fährst zum Festmahl an die Côte d'Azur. Wenn es Dich nach scharfem Wodka und Rentierfleisch mit anschließendem Saunabesuch gelüstet, wäre die Aktie einer finnischen Zellulosefabrik zu empfehlen. Aber bedenke die Reisekosten! Unbeschwert werden wir Vesperleaktionäre die ausländischen Aktien erst dann genießen können, wenn die Reisekostenerstattung gesetzlich verankert ist und jeder auf Kosten seiner Gesellschaft zu Hauptversammlungen nach Hongkong, Vancouver, möglicherweise sogar Bangkok reisen darf. Da heutzutage alles einer Interessenvertretung bedarf, haben auch wir Vesperleaktionäre uns zusammengeschlossen und eine Art Gewerkschaft der Kleinaktionäre gegründet. Zum Sitz der Vesperlegewerkschaft wählten wir Stuttgart, weil die Schwaben das gute Essen erfunden haben. Ich rate Dir dringend, unserer Gewerkschaft die Treue zu halten. Als Interessenvertretung der kleinen Leute genießt sie überall Sympathien, wir erhalten öffentliche Bürokostenzuschüsse, sind gemeinnützig und können Spendenbescheinigungen ausstellen, die alle Finanzämter anerkennen.

Unser Hauptanliegen ist nicht die 35-Stunden-Woche, sondern der Kampf um die Reisekosten. Nur wenn die Gesellschaften ihren Aktionären die Reisespesen erstatten, können wir Kapitalisten unsere demokratischen Grundrechte frei ausüben. Solange vor der Stimmabgabe und dem guten Essen die Hürde der Reisekosten steht, verkümmert das demokratische Bewußtsein.

Es schmerzt mich, daß ich den Erfolg der Bemühungen unserer Gewerkschaft nicht mehr erleben und genießen kann. Noch kurz vor meinem Tode gelang es mir, die Gesellschaft zur Förderung der Aktie für unser Vorhaben zu gewinnen. Ein gewaltiger Aktienboom steht ins Haus, wenn die Gesellschaften zur Erstattung der Reisekosten verpflichtet werden. Wir werden ein Volk von Aktionären, das nicht mehr sinnlos und auf eigene Kosten an fremden Stränden brät, sondern per Flugzeug oder im

Intercity die schönsten Städte Europas bereist, um Hauptversammlungen wahrzunehmen.

Mit Bedacht habe ich eine Vielzahl von Brauereiaktien erworben. Für diese Firmen ist der Ausschank kräftiger Biere ein Muß, oft werden den Aktionären ein paar Fläschchen als Wegzehrung für die Heimreise mitgegeben. Weil Biertrinken hungrig macht, fehlt es nie an einem deftigen Aktionärsmahl. Es wird als Aktienbrotzeit oder Renditepicknick meistens im Sitzen eingenommen, gelegentlich kommen auch Dividenden-Steh-Buffets vor, an denen jeder unbeobachtet essen kann, was ihn gelüstet.

Der scharfe Wettbewerb, der in unserer Wirtschaft tobt, hat sich in den letzten Jahren immer stärker von Produkten und Preisen zu den Speisekarten verlagert. Jeder sucht den anderen auszustechen. Züricher Geschnetzeltes ist längst nicht mehr gut genug, es müssen Spreewälder Hechte oder schottische Flußkrebse sein. Schuhfabriken offerieren Schlemmerplatten, Linoleumwerke tischen Cordon bleu auf, Wolldeckenhersteller versuchen sich mit geräucherten Forellenfilets, und Landmaschinenhändler servieren Quiche Lorraine. Jeder hat den Ehrgeiz, der Konkurrenz voraus zu sein und sogar die Banken und Versicherungen zu überbieten, die so trockene Zahlen vorzutragen haben, daß sie notgedrungen ihre dürftigen Darbietungen mit gutem Essen kompensieren müssen. Ein Elektrizitätswerk wartete kürzlich mit einem auf Atomstrom gegarten Festmenü auf, worauf sich ein Ökosozialist, der sich als Aktionär eingeschlichen hatte, auf der Stelle übergeben mußte. Ein Chemiewerk demonstrierte die Reinheit des Rheins, indem es gebratenen Zander, am Kai von Sandoz in Basel gefangen, auf den Tisch brachte. Der Genuß wird oft dadurch erhöht, daß zum fröhlichen Mahle ein Streichquartett Mozarts »Nachtmusik« spielt oder Bläser »Nun danket alle Gott« anstimmen. Während des Essens mischen sich die Herren von Vorstand und Aufsichtsrat unters Volk und sprechen mit jedem, auch mit uns kleinen Vesperleaktionären.

Weil die Gesellschaften ihre Eßgewohnheiten ständig ändern – entscheidend für den Wandel ist der jeweilige Leibeszustand des Vorstandsvorsitzenden –, solltest Du ein waches Auge auf Dein Depot werfen. Notfalls sind Umschichtungen erforderlich, um jenen Asketen zu entgehen, die es mit Mineralwasser und Brezeln genug sein lassen. Wichtig ist auch – ich habe die Aktien mit einem roten Aufkleber versehen –, ob schon während der Hauptversammlung oder erst danach gewissermaßen zur Belohnung für die Abstimmung Speisen und Getränke gereicht werden. Während die Herren vorn über ihre Zahlen schwätzen, sollte den Aktionären in den hinteren Reihen schon eine Stärkung gereicht werden. Übermäßig lange Hauptversammlungen, wie sie bei Automobil- und Chemiefirmen eingerissen sind, sollte der hungrige Aktionär meiden. Ich habe es erlebt, daß einige Freunde aus der Vesperlegewerkschaft, die mit leerem Magen und im Vertrauen auf gute Bewirtung angereist waren, in Ohnmacht fielen, weil sie stundenlang Reden anhören mußten. Ein Schrecken sind jene politischen oder ökologisch umgetriebenen Kleinaktionäre, die wie wir von der Vesperlegewerkschaft auch nur mit einer Aktie anreisen, aber nicht, um zu essen, sondern um zu diskutieren und mit endlosen Fragen die Veranstaltung in die Länge zu ziehen, bis alle Suppen kalt und die Kellner eingeschlafen sind. Wenn Dir ein solches Subjekt begegnet, verkaufe sofort Deine Aktie, denn Du wirst keine Freude mehr an ihr haben.

Nachdem ich Dich über die Lebensweise eines Vesperleaktionärs aufgeklärt habe, bitte ich Dich herzlich, die vermachten Papiere als Familienerbstücke in Ehren zu halten. Sie sind nicht nur schön anzusehen, sondern auch ein Grundstock für schlechte Zeiten, eine sichere Altersversorgung, die Dich wenigstens fünfzigmal im Jahr sättigt. Es ist mein innigster Wunsch, daß Du die Substanz meines Erbes nicht aufzehrst, sondern die besten Stücke Deinen Kindern vermachst. Auch in fünfzig Jahren, wenn der Kapitalismus längst an Überfressenheit gestorben sein wird, soll es noch Menschen geben, die die wahren Freuden eines Kapitalisten zu genießen verstehen und sich jener Zeiten erinnern, als Aktionäre nicht mit einer dürftigen Dividende, sondern einem Rehrücken »Hubertus« verwöhnt wurden.

Eine Wirtschaft ohne Privateigentum ist wie eine Hochzeit ohne Braut.

Wahre Freundschaft

Sie kamen am 7. Dezember, dem Jahrestag von Pearl Harbor. Also ein Überfall. Zwei Herren der Hokaido Insurance Company, begleitet von einer Dolmetscherin. Was, um Himmels willen, hatten die vor? Eine Niederlassung am Rhein gründen? Einen europäischen Kooperationspartner suchen? Oder wollten sie kaufen? Wir sind nicht käuflich, ihr fernöstlichen Herren. Die Rheinleben ist keine Aktiengesellschaft, deren Mehrheiten, Schachteln und Sperrminoritäten an den Börsen hin- und hergeschoben werden. Wir sind ein Verein und nicht zu haben.

Unter H wie Hokaido gab es keinen Vorgang im Hohen Haus. Niemand wußte von Kontakten zum Land der aufgehenden Sonne. Rheinleben war weder am schaurigen Erdbeben von Tokio 1923 noch am jüngsten Taifun beteiligt, der die fernöstlichen Küsten verwüstet hatte. Es fand sich kein Schriftverkehr über einen bemerkenswerten Schadenfall, keine Rückversicherungsverbindung wurde ausgegraben. Vor vier Wochen hatte Hokaido Insurance um einen Besuchstermin auf höchster Ebene gebeten. Scherer wagte nicht zu fragen, was die Herren bewegte. So zu fragen hielt er für eine typisch deutsche Grobheit, die das fernöstliche Feingefühl verletzen mußte. Also antwortete er kurz und herzlich, sie seien willkommen, die Herren der Hokaido Insurance.

Nun waren sie da, pünktlich um elf. Japaner wissen um die Marotte der Deutschen, Unpünktlichkeit als Körperverletzung zu empfinden. Eine zierliche Dame in Blau und zwei kleine Herren in Schwarz betraten die marmorne Vorhalle. Ihnen vorausgetragen wurde ein Strauß weißer Chrysanthemen, das allerdings von einem blonden deutschen Gärtnerburschen.

Blumensträuße zu Geschäftsbesuchen sind keineswegs üblich. Wem wollten die gratulieren? War Weiß nicht die Farbe fernöstlicher Trauer? Scherer sah die Besucher auf seinem Monitor und erschrak über die prall gefüllten Aktentaschen. Keine Frage, das war Geld. Im 10. Stock werden sie ihre Köfferchen öffnen und Scherer fragen, was Rheinleben kostet. Auf eine Million mehr oder weniger soll es nicht ankommen. Einschlägige Kreise von Frankfurt bis Wall Street, von Düsseldorf bis London wissen doch, daß japanische Versicherungen genug von dem Zeug haben. Sie haben Amerika gekauft und können sich van Goghs abgeschnittene Ohren aus der Portokasse leisten. Bald werden sie um die Mona Lisa anhalten.

Scherer empfing sie auf dem Gipfel der Rheinleben mit Blick über den Schicksalsstrom, den sie eines Tages wohl auch kaufen werden. Die Becker holte die größte Vase, die in ihrer Asservatenkammer aufzutreiben war. Sie gab den Chrysanthemen Wasser und den Gästen einen Cherry. Lächeln verbreitete sich, Trinksprüche gingen hin und her, man trank auf das Wohl von Rheinleben und Hokaido Insurance.

Sie seien soeben in Lohausen gelandet, ließen die Herren übersetzen. Ohne einen Blick auf die Stadt und das schöne Deutschland zu werfen, seien sie sofort zu Rheinleben gefahren, denn Rheinleben sei ihnen das Wichtigste.

Einer der Herren trat vor und überreichte Scherer einen länglichen, in goldfunkelndes Geschenkpapier gewickelten Gegenstand. Ein Präsent von Hokaido Insurance, übersetzte die Dame in Blau. Wie Rheinleben sich verhalten habe, das sei wahre Freundschaft. Hokaido Insurance werde das niemals vergessen und sei zu Gegendiensten gern bereit. Der Herr verbeugte sich und lud Scherer zu einem Gegenbesuch in der 20. Stock nach Tokio ein.

Was, zum Teufel, ging hier vor? Scherer blickte sich hilflos nach der Becker um, die noch immer an den Chrysanthemen hantierte. Er flüsterte ihr zu, sie solle Winterstein rufen. Vielleicht wußte der von den guten Diensten, die soviel überschwenglichen Dank rechtfertigten. Oder lag eine Verwechslung vor? Am großen Strom residierten zahllose Versicherungsunternehmen, deren Namen auf rheinisch, kölnisch oder so ähnlich lauteten. Die Herren werden sich in der Tür geirrt haben. Scherer schickte die Becker zum Telefon. Sie solle bei der Rheinprovinz anrufen und fragen, ob die Besuch aus Japan erwarteten.

Um Zeit zu gewinnen, packte er das Geschenk aus. Zum Vorschein kam ein Samuraischwert, alt und kostbar. Der Knauf war mit Steinen besetzt. Scherer wog die Waffe unsicher in seinen Händen und dachte an van Goghs abgeschnittene Ohren. Hatte er nicht in einem Buch gelesen, daß die Überreichung eines Samuraischwertes eine höfliche Aufforderung sei, sich den Bauch aufzuschlitzen?

Die Becker erschien in der Tür und schüttelte heftig den Kopf.

Der zweite Gast, der bisher geschwiegen hatte, ergriff nun das Wort und schlug vor, das Schwert als Wandschmuck hinter Scherers Schreibtisch aufzuhängen.

Nur das nicht, wehrte Scherer ab. Es gäbe einen Aufstand im Betriebsrat. In Deutschland sei es Brauch, daß jeder Unternehmensvorstand auf die allgemeine soziale Empfindlichkeit Rücksicht zu nehmen habe, ließ er über die Dolmetscherin ausrichten. Sonst werde eines Tages in einem einschlägigen Magazin die Meldung zu lesen sein, der Vorstand von Rheinleben habe sich ein Samuraischwert zugelegt, um unliebsame Mitarbeiter zu köpfen. Er werde also das kostbare Geschenk in einem Tresor verwahren und nur zu besonderen Anlässen der Öffentlichkeit vorführen.

Sie sprachen über das Schwert. In welchem Jahrhundert es geschmiedet wurde, welcher Pflege es bedürfe, um nicht zu rosten. Wozu es früher Verwendung fand und ob es heute noch zu gebrauchen sei.

Nein, mit Harakiri sei bei deutschen Managern wenig auszurichten, erklärte Scherer. Die hielten selbst nach furchtbarsten Fehlleistungen an ihren Vorstandssesseln fest und seien nur durch einen Herzinfarkt oder verlokkende Pensionen aus dem aktiven Dienst zu entfernen, niemals durch das Schwert.

Die Becker kam und flüsterte, die Rheinprovinz habe keinen Kontakt zu Japan, die Rheinland auch nicht.

Scherer empfahl, bei der Colonia anzurufen. Möglicherweise sei die über Nacht von Paris an den Fernen Osten verkauft worden.

Während die Becker davonrauschte, traten sie ans getönte Panoramafenster und besichtigten die Stadt aus der Höhe, die Rheinschleife, die Brücken, die Schleppzüge auf ihrem Weg nach Holland.

Rechter Hand geht es ins Finanzzentrum Luxemburg, links nach Japan und geradeaus zu den Briefkastenfirmen Liechtensteins, erklärte Scherer.

Zu ihren Füßen in einem Park stand das Denkmal eines gewissen Wellem. Scherer zeigte es seinen Besuchern und erschrak, als er sah, wie einer der Herren sich Notizen machte. Sie werden das Standbild kaufen, es in Tokio vor die Untergrundbahn stellen, aber die Stadt am Rhein wird ihre Seele verlieren.

Verstört erschien die Becker. Soviel man wisse, sei die Colonia noch nicht nach Japan verkauft, habe ihr das diensthabende Vorstandsmitglied erklärt.

Die Dame in Blau fragte, wo Herr Ka-Dong sei. Man habe ihn eigentlich hier erwartet. Ob es wohl möglich sei, ihn zu rufen?

Scherer nahm nun die Sache selbst in die Hand, entschuldigte sich für einen Augenblick, um an seinem Generalschreibtisch die roten Knöpfe zu drücken. Er gab Anweisung, nach einem Herrn Ka-Dong zu fahnden. Das ganze Haus von der Personalverwaltung bis zur Registratur solle Ka-Dong suchen.

Während die Ermittlungen anliefen, plauderten sie über die Versicherungsgeschäfte im Fernen Osten, die wie überall in der Welt so leidlich gingen. Sorge bereitete der Feuerabteilung der Hokaido Insurance nur die japanische Gewohnheit, auch am Ende des 20. Jahrhunderts noch Häuser aus Holz zu bauen. Mit Genugtuung stellten die Besucher fest, daß die Aids-Seuche in Japan längst nicht so um sich greife wie in Amerika und Westeuropa. Das betraf die Lebensabteilung. Auch Magen- und Darmkrebs spielten als Todesursache in japanischen Versicherungsstatistiken eine untergeordnete Rolle. Die schwarzgekleideten Herren hatten andere Sorgen. Sie blickten zu dem kostbaren Schwert. Also Harakiri.

Kaffee kam und Tee, aber kein Ka-Dong.

Scherer lud die Gäste zum Mittagessen ein. Er schlug das Restaurant im Fernsehturm vor wegen der Aussicht auf die Rheinschleife. Das gab Rheinleben eine Atempause, weiter nach Herrn Ka-Dong zu suchen.

Winterstein kam, aber kein Ka-Dong.

Was wollten die wirklich? Die flogen doch nicht um den halben Erdball, nur um ein Samuraischwert zu überreichen aus Dankbarkeit für etwas, das Rheinleben dem mysteriösen Herrn Ka-Dong angetan haben sollte. Vielleicht werden sie sich bei Tisch erklären, vor dem Dessert.

Im Vorzimmer ging die Verzweiflung um. Die Becker bekam einen Weinkrampf. Winterstein, der die Koordinierung der Fahndung übernommen hatte, erschrak, als er seine Stimme hörte, die per Telefon den Einsatz leitete. Die Personalabteilung sah ihre Namenlisten bis zur ersten Ölkrise durch, fand aber keinen Ka-Dong. Fehlanzeige auch im Schadenressort, Abteilung Ausland. In Japan sei noch nie ein Kunde der Rheinleben zu Schaden gekommen.

Vor der Abfahrt zum Fernsehturm baten die Besucher, man solle Herrn Ka-Dong, wenn er denn auftauche, zum Turm nachschicken. Die Becker versprach es mit fernöstlichem Lächeln, aber ohne jede Hoffnung.

Während Scherer die Schönheiten der Stadt vom fahrenden Auto aus erklärte, dachte er an Ka-Dong. Natürlich arbeiteten Ausländer bei Rheinleben. Die Materialverwaltung beschäftigte einen Inder, der mit einer Deutschen verheiratet war und es sich nicht nehmen ließ, zum rheinischen Karneval in indischer Tracht zu erscheinen. Mehrere Polen, die nach dem 13. 12. 1981 nicht mehr ins winterliche Warschau zurückkehren mochten, hatte die Rheinleben für Hilfsdienste eingestellt. In der EDV spielten lateinamerikanische Studenten aushilfsweise mit japanischen Computern. Türkische Frauen säuberten, wenn die Nacht über Rheinleben hereinbrach, die Büroräume. Aber ein Japaner war ihm noch nie begegnet. Sollte etwa der freundliche Vietnamese, der in der Kantine aushalf und zu jedem Fischgericht erzählte, wie er unter Haien im Südchinesischen Meer schwimmen gelernt habe, ein verkappter japanischer Versicherungsagent sein?

Während des Essens priesen die Japaner die wahre Freundschaft. Sie konnten sich nicht genugtun in Dankbarkeit für das, was Rheinleben ihrem Ka-Dong angetan hatte. Kein Vorschlag zur Kooperation der Gesellschaften kam zur Sprache, sie wünschten keine Beteiligung an einem heiklen Rückversicherungsgeschäft, keinen Erwerb eines Grundstücks am Rhein. Nur pure Dankbarkeit. Vor dem Dessert wurde Scherer ans Telefon gerufen. Die Becker meldete mit schmelzender Stimme, Ka-Dong sei gefunden worden. Ob sie ihn noch in den Fernsehturm schicken solle?

Nein, halten Sie ihn im Sekretariat fest, wir kommen gleich, entschied Scherer.

Er saß in der Besucherecke, ein freundlicher Mensch, noch kleiner als die anderen. Als Scherer erschien, sprang er auf und verneigte sich tief, auch vor der Becker und der Dolmetscherin und den beiden Herren aus Tokio.

Der Pförtner hat ihn gefunden, flüsterte die Becker. Er erinnerte sich, daß in Zimmer 109 ein Japaner arbeitet.

Vor fünf Jahren sei er mit einem Empfehlungsschreiben seiner Gesellschaft zu Scherers Vorgänger, dem verstorbenen Dr. Bardowiek, gekommen, erzählte Ka-Dong in vorzüglichem Deutsch. Die Hokaido Insurance beabsichtigte, in Deutschland eine Filiale zu errichten. Da Ka-Dong sich weder in den Städten am Rhein noch in deutschen Versicherungsbräuchen auskannte, habe er den verehrten Dr. Bardowiek gefragt, ob Rheinleben ihm am Anfang etwas behilflich sein könne. Dr. Bardowiek habe ihm einen Büroraum zugewiesen, eben jene Nummer 109, in der er seit fünf Jahren arbeite.

Die Becker schob einen Aktenvermerk über den Tisch, den die Hausverwaltung seinerzeit angefertigt hatte: Anruf von Herrn Generaldirektor Dr. Bardowiek. Dem Japaner Ka-Dong soll ein Büroraum zur Verfügung gestellt werden! Später verloren sie Ka-Dong aus den Augen. Die Hausverwaltung führte ihn zwar ordnungsgemäß unter Nummer 109, aber als Sonderfall zur speziellen Disposition des Vorstandsvorsitzenden. Die Personalabteilung wußte nichts, denn er gehörte nicht zu den Mitarbeitern der Rheinleben. Nur der Pförtner sah den fleißigen kleinen Mann, wenn er früh kam und spät ging. Fünf Jahre lebte er im Hause der Rheinleben, vermittelte Geschäfte für Hokaido Insurance, knüpfte Verbindungen, zahlte keinen Pfennig Miete, bekam Wasser, Licht und Wärme gratis, auch die Telefonrechnung lief aus purer Freundschaft über Rheinleben. Und wären nicht die Herren aus Tokio gekommen, um sich zu bedanken, er säße noch weitere fünf Jahre als Sonderposten in Nummer 109 zur speziellen Disposition des Generaldirektors.

War dies der Augenblick, in dem der Vorstandsvorsitzende eines deutschen Unternehmens sich in ein Samuraischwert zu stürzen hatte?

Scherer winkte gelassen ab. Es sei nicht der Rede wert, sagte er. Was dem Herrn Ka-Dong widerfahren sei, entspreche eben der großzügigen Art des Hauses Rheinleben.

Als der verehrte Dr. Bardowiek starb und Scherer sein Nachfolger wurde, habe er den Versuch unternommen, zu ihm vorgelassen zu werden, erklärte Ka-Dong. Doch habe Scherer, was er wohl verstehen könne, keine Zeit für ihn gehabt. Zum bevorstehenden Jahreswechsel habe er sich erneut bei Scherer anmelden wollen, um sich zu bedanken für die Gastfreundschaft, die er im Hause Rheinleben genossen habe. Nun sei es zu dieser überraschenden Begegnung vor der Zeit gekommen, und er könne seinen Dank in Anwesenheit der Herren aus Tokio persönlich aussprechen.

Scherer blickte verloren in den dahinströmenden Rhein.

Als Ka-Dong auf das kostenlose Mittagessen in der Kantine der Rheinleben zu sprechen kam, entfuhr der Dolmetscherin wieder das Wort von der wahren Freundschaft.

Hokaido Insurance werde nun nach fünfjähriger Aufbauzeit ein größeres Büro für die deutsche Niederlassung mieten, ließen die Herren aus Tokio übersetzen.

Das sei durchaus nicht nötig, erwiderte Scherer. Herr Ka-Dong könne in Nummer 109 bleiben, solange er wolle.

Sie lächelten dankbar. Das sei wahre deutsch-japanische Freundschaft.

Ein halbes Jahr später kam Ka-Dong zu Scherer, um sich zu verabschieden. Die Hokaido Insurance sei so beeindruckt gewesen von der Art, wie Ka-Dong mit geringstem Kostenaufwand eine Niederlassung in Deutschland gegründet habe, daß man ihn höherer Aufgaben für würdig gehalten habe. Ka-Dong war in den Vorstand der großen japanischen Gesellschaft berufen worden. Er lud Scherer ein, ihn im Hauptquartier der Hokaido Insurance zu besuchen.

Ein Jahr später flog Scherer über den Pol in den Fernen Osten. Ka-Dong holte ihn vom Flughafen ab. Im Wolkenkratzer des Unternehmens, doppelt so hoch wie Rheinleben, gab es einen Empfang, an dem fünftausend Mitarbeiter der Hokaido Insurance und die Presse der Hauptstadt teilnahmen. Ka-Dong bezeichnete Scherer als seinen deutschen Freund und Wohltäter, dem er nicht nur sein Wissen um die Versicherungsdinge verdanke, die fünfjährige Zusammenarbeit mit Scherer sei auch eine wahre Schule der Menschlichkeit und herzlichen Freundschaft gewesen. Er würzte seine Rede mit Anekdoten aus den rheinischen Tagen, erzählte von dem Versuch, rheinische Knödel mit Stäbchen zu essen, lobte das Altbier, das so trübe aussehe wie der Vater Rhein, aber vorzüglich schmecke, und erinnerte sich mehrerer Karnevalsumzüge und närrischer Sitzungen, die ihm die Seele des rheinischen Menschen offenbart hätten. Schließlich schritt Ka-Dong zur Enthüllung eines Gedenksteins auf dem Rasen vor dem Hauptquartier der Hokaido Insurance. Ein Marmorblock mit eingemeißelter Windrose kam zum Vorschein. Zwischen Nord und West zeigte ein fünfter Pfeil über die Meere und Kontinente aufs Herz Europas. »Rheinleben« stand in Goldbuchstaben auf weißem Marmor.

Beim anschließenden Essen im kleinen Kreis besprachen Scherer und Ka-Dong, daß es wohl nützlich sei, wenn beide Gesellschaften nun doch ein wenig kooperierten und im Wege der Rückversicherung das eine oder andere Risiko wechselseitig übernähmen. So könne die Geschichte nach allem, was sie gekostet habe, einen wirtschaftlichen Sinn bekommen und die Anerkennung der Finanzämter finden. In wahrer Freundschaft, versteht sich.

Wir haben die Monarchie abgeschafft, aber viele kleine Königreiche in den Betrieben errichtet.

Eine gewisse Karriere

Also, sagte sich Alfons an dem Donnerstag, an dem er fünfundvierzig wurde. Also, so geht es nicht weiter mit dir. Du kommst in die Jahre, wo es unschicklich ist, auf Pappkartons zu schlafen, sich an Lokomotiven zu wärmen und in Kircheneingänge zu flüchten, wenn es regnet. Du hast einen Namen, der mit C beginnt. Da hat sich einer etwas bei gedacht, das deutet auf höhere Bestimmung. Menschen wie du dürfen nicht unter Brücken sterben oder auf ungereinigten Treppen im Nieselregen. Er faßte also an jenem Donnerstag den Entschluß, eine gewisse Karriere anzustreben. Gerade nahm ihm ein Bruder aus Meiningen das Kopfhaar ab, die Lerchen sangen, und sein Magen war leer wie eine Scheune um Pfingsten.

Seiner Wandlung ging ein regelrechtes Damaskuserlebnis voraus. An jenem Donnerstagmorgen hatte er sich seiner Gewohnheit entsprechend in das nächstbeste Kaufhaus begeben. Aus unbekanntem Grunde bildete sich eine beträchtliche Schlange vor der Kasse; Alfons mußte lange warten. So lange, bis er die plötzliche Leere in seinem Schädel spürte. Der Boden gab nach, die Horizontale veränderte sich. Er fiel bewußtlos auf die Fliesen. Helfer eilten herbei, schleppten ihn auf eine Pritsche, nahmen ihm den Hut ab und fanden dort die Ursache seiner Ohnmacht, ein tiefgefrorenes Huhn, das auf die Kopfhaut gedrückt und vorübergehende Blutleere bewirkt hatte. Es kränkte Alfons, daß jener Vorfall mehr Heiterkeit als Besorgnis auslöste. Die Freude des Kaufhauspersonals war so groß, daß von der verdienten Bestrafung abgesehen und er mit dem langsam tauenden Huhn unter dem Hut verabschiedet wurde. So gedemütigt, beschloß Alfons, nicht mehr zu stehlen. Er hielt während seiner folgenden Karriere dieses Versprechen bis auf zwei Ausnahmen. Von den Vereinigten Kokswerken nahm er einen Briefbeschwerer aus Marmor mit. Einer Versicherungsgesellschaft, deren Name ihm entfallen war, stahl er sieben Kugelschreiber, die zur gefälligen Bedienung auslagen. Im übrigen beschränkte er sich auf Essen und Trinken, wohl wissend, daß die Gesetze hierfür mildernde Umstände bereithalten. Seine Angst vor den Gesetzen schwand mit den Jahren vollständig. Alfons kam zu der Überzeugung, gänzlich ungefährdet zu sein. Käme man seinem Broterwerb auf die Spur, wäre die Peinlichkeit für die sechsundvierzig Gönner, die er in einem Schriftstück sorgfältig registriert hatte, so beträchtlich, daß sie den Mantel stillschweigender Liebe über seine Geschichte decken müßten, um nicht zum Schaden noch öffentlichen Spott zu ernten.

Sein erster Auftritt – Alfons erinnerte sich lebhaft der Krebssuppe – fand im »Kronprinzen« statt. Aus seiner Wanderzeit kannte er einen Aushilfsarbeiter in der Hotelküche. Der hatte ihn zum Hintereingang bestellt, um ihm Küchenabfälle in die Hand zu drücken. Kaum stand Alfons im Flur, eilte ein gutgekleideter Herr auf ihn zu.

»Bester Herr Hammerstein!« rief er voller Entzücken. »Sie haben sich hoffentlich nicht verirrt!«

Er ergriff, ohne daß Alfons eine Erklärung abgeben konnte, seinen Arm, zog ihn durch die Wandelhalle in den vornehmen Teil des »Kronprinzen«, schob ihn in einen Saal, in dem an die fünfzig Personen männlichen Geschlechts so taten, als hätten sie nur auf Alfons gewartet.

»Ich brauche Sie ja nicht vorzustellen, die Kollegen von der Presse sind Ihnen sicher bekannt«, meinte der freundliche Herr und winkte der Bedienung. Der Ober erschien mit einem Tablett gefüllter Gläser, hastig griff Alfons zu ... Rückblickend mußte er sich eingestehen, daß das der kritischste Augenblick seiner Karriere gewesen war. Er leerte damals ein Glas Gin auf nüchternen Magen, mußte sich sofort zur Abstützung an die Fensterbank begeben, weil Gin in seinem Körper unmittelbar durchschlug und nicht erst über den Blutkreislauf wirkte. Ein Mädchen im Dirndlkleid rettete ihn. Es trug bunte Häppchen spazieren und sah mit wohlwollendem Schauder zu, wie Alfons ihr Tablett erleichterte. Nach drei Stücken Schinkenbrot, einem Kaviarbrötchen, mehreren Scheiben Lachs und Käseecken machte sich der Gin davon. Alfons fühlte sich wohler.

Seine anfängliche Befangenheit legte er rasch ab, als er bemerkte, wie die Umstehenden sich in der einfachsten Weise unterhielten. Er wagte es, einen älteren Herrn, Aufsichtsratsmitglied der Ruhrkohle AG, wie sich später herausstellte, auf das vergangene Frühjahr anzusprechen, das Alfons für das wärmste und trockenste seit Jahrzehnten hielt. Schon Anfang Februar habe man gefahrlos unter Brücken schlafen können. Lachend stimmte sein Gesprächspartner zu und berichtete von den Sorgen, die ihm seine allzeit durstigen Rhododendronbüsche in besagtem Frühling bereitet hatten. Schon Anfang April habe er gießen müssen.

Nur einmal geriet Alfons auf der ersten Veranstaltung seiner Karriere in Verlegenheit. Es geschah, als der Herr, der ihn in den Saal geführt hatte, darum bat, bei der Berichterstattung über sein Unternehmen nicht so sehr auf die Umsatzzahlen des Vorjahres einzugehen. Leser, die von der Materie wenig verstünden, kämen sonst zu falschen Schlüssen. Alfons versprach es und wandte sich schnell dem Mädchen im Dirndl zu, damit demonstrierend, daß ihm Käsebrötchen mehr bedeuteten als die Umsatzzahlen des Vorjahres.

Überrascht war Alfons von der Freundlichkeit, die ihm überall entgegenschlug. Sie entsprach nicht der Vorstellung, die er sich von den sogenannten besseren Kreisen gemacht hatte. Jeder, der an ihm vorüberging, neigte artig seinen Kopf und lächelte verbindlich. Alfons revanchierte sich, indem er einem grauhaarigen Herrn, der über die Absatzlage in Südamerika klagte, geduldig zuhörte. Während jener redete, stand Alfons nahe dem Silberteller mit Hähnchenkeulen, hielt sich aber zurück und aß nur zwei, unterließ es auch, von dem Überfluß etwas einzustecken, geriet allerdings in Verlegenheit, weil er nicht wußte, wohin mit den abgenagten Hühnerknochen. Er hielt es für unschicklich, sie auf den Silberteller zurückzulegen, und ließ sie unauffällig in seiner Hosentasche verschwinden. Dort drückten sie ihn während des ganzen Empfangs.

Die Veranstaltung im »Kronprinzen« dauerte fünf Viertelstunden. Sie sättigte ihn reichlich. Seit der Säuglingszeit, als er an der Brust der Mutter satt geworden war, hatte Alfons kein solches Völlegefühl mehr gekannt. Auch der Stapel Papiere, den der freundliche Gönner ihm am Ausgang zur wohlwollenden Durchsicht in die Hand drückte, beeinträchtigte den angenehmen Zustand nicht. Den Rest des Tages lag er, den Kopf auf den Papieren, glücklich im hohen Gras am Flußufer und überdachte seine Lage. Was er erlebt hatte, erschien ihm wie ein Fingerzeig der Vorsehung. Das kannst du, dachte er begeistert, mit einem Mindestmaß an ordentlicher Bekleidung und Gesprächsgewandtheit wiederholen. Die Aussicht, an weiteren wunderbaren Speisungen teilzunehmen und den Leib auf das angenehmste zu traktieren, versetzte ihn in einen Rausch. Glücklich schlief er ein, schlief, da es warm war, die ganze Nacht am Fluß und wachte am Morgen mit dem seltenen Gefühl auf, immer noch satt zu sein.

Bevor er sich endgültig diesem Beruf zuwandte, suchte Alfons seinen Freund aus gemeinsamen Wandertagen auf, den Aushilfsarbeiter im »Kronprinzen«. Der bestärkte ihn in dem Vorhaben. Da Alfons eine knitterfreie Hose besaß und es sich zur Gewohnheit gemacht hatte, sich jeden Morgen am Fluß zu waschen, hielt er ihn für eine gepflegte Persönlichkeit, die zu Höherem berufen sei. Auch nahm er Alfons die Furcht, etwas Unredliches zu tun. Es könne kein Unrecht sein, sagte der Freund, sich an den dargebotenen Speisen gütlich zu tun. Die nicht verzehrten Reste solcher Empfänge kämen ohnehin in den Abfalleimer, stünden Alfons also schließlich doch zu. Es gehe nur darum, den Zeitpunkt des Genusses vorzuverlegen und das Essen in einer würdevolleren Umgebung einzunehmen.

Eine Karriere dieser Art kann nicht von jedermann eingeschlagen werden. Es sind gewisse Mindestvoraussetzungen, das äußere Erscheinungsbild betreffend, zu erfüllen. Weiter ist eine vornehme Wortwahl angebracht, ebenso eine rasche Auffassungsgabe. Keine Sorge bereitete Alfons dagegen das mangelnde Fachwissen über die jeweilige Branche, die gerade zu Tisch gebeten hatte. Tiefere Kenntnisse sind im allgemeinen nicht gefragt, Oberflächlichkeit ist geradezu ein typisches Merkmal solcher Veranstaltungen.

Zugute kam Alfons, daß er in der zweitgrößten Stadt des Landes lebte. In ihr fand fast täglich ein Empfang oder eine Pressekonferenz statt, an der teilzunehmen es sich für einen Hungernden lohnte. Wie aber diese Gelegenheiten ausfindig machen? Alfons entdeckte bald, daß nur wenige Lokalitäten für derartige Veranstaltungen in Frage kamen. Die Ausrichter unterlagen dem merkwürdigen Zwang, die besten Adressen gerade gut genug sein zu lassen. Alfons brauchte also nur die einschlägigen Lokalitäten zu beobachten. Zugute kam ihm, daß gewöhnlich in den Foyers Schilder standen, die auf den Empfang des Unternehmens A im Saal B hinwiesen. Konnte er kein Schild entdecken, fragte er den Portier und erhielt stets in freundlichster Weise Auskunft. Wie alle Menschen, die sich einer Sache intensiv widmen, beherrschte Alfons bald die Materie und gewann einen vorzüglichen Einblick in die Gepflogenheiten der Empfänge und Pressekonferenzen. Kaum eine Veranstaltung von Bedeutung entging ihm. Allerdings mußte er seinen Körper an Unregelmäßigkeiten gewöhnen. Im Hochsommer gab es nur halbe Kost, während in den Monaten

Januar bis Mai die Gelegenheiten zum Wohlleben nicht abrissen und sein Magen kaum Zeit zu einer geordneten Verdauung erhielt.

Schwierig war es, die Spreu vom Weizen zu scheiden. Nachdem Alfons einige Male stundenlange Reden über die Wiederaufbereitung von Schmutzwasser und die Entkernung heimischer Früchte angehört hatte, für seine Geduld aber nur mit einer Flasche Sprudel belohnt worden war, beschloß er, seine Zeit sinnvoller zu nutzen. Er faßte den Mut, jenen Menschen, der stets vor der Tür steht, um die Gäste willkommen zu heißen, nach einem Duplikat der Einladung zu fragen. Er log ihm vor, sein Exemplar in der Redaktion vergessen oder im Auto liegengelassen zu haben. Bereitwillig gab man ihm stets das begehrte Schriftstück. Entnahm er ihm, daß an eine auskömmliche Verpflegung der Gäste nicht gedacht war, entschuldigte sich Alfons rasch unter einem Vorwand. Entdeckte er dagegen den Vermerk, daß am Schluß ein kleiner Imbiß gegeben werde, harrte er geduldig aus, wohl wissend, daß der kleine Imbiß eine vornehme Untertreibung war, wie sie deutsche Geschäftsleute neuerdings von den Engländern lernten. So gewann er im Laufe der Zeit einen tiefen Einblick in die Bewirtungsgepflogenheiten. Brauereien, Versicherungsgesellschaften, Ölfirmen und Banken ließen es im allgemeinen an nichts fehlen, Parteien, Kirchen und Verbände setzten dagegen mehr auf das gesprochene Wort als den vollen Bauch. Geradezu erbärmlich ging es wegen der Kontrolle der Rechnungshöfe bei den Behörden zu, dagegen unerwartet üppig auf allen Veranstaltungen der Gewerkschaften.

Zu Alfons' größtem Erstaunen hatte er niemals Probleme mit der Kleidung. Seine Sorge, eines Tages als Landstreicher erkannt und von den gefüllten Fleischtöpfen verstoßen zu werden, erwies sich als unbegründet. Leute von der Presse galten ohnehin als halbe Narren. Man gestattete ihnen, sich beliebig zu kleiden; offene Hemden und Rollkragenpullover wurden gern gesehen und boten einen angenehmen Kontrast zur gediegenen Wohlanständigkeit der Gastgeber. Nur die schmutzigen Fingernägel mußte Alfons sich versagen, wohingegen das Haar lang und ungepflegt sein durfte. Alfons machte, seiner Karriere zuliebe, einige Zugeständnisse an sein Äußeres. So verbot er sich, bei feuchtem Wetter draußen zu schlafen, eine Vorsichtsmaßnahme, die Hose und Pullover schonen sollte. Auch erwarb er ein Rasiermesser der alten Art, um vor jeder Veranstaltung Hand an seinen Bart zu legen.

Unumgänglich war es, Stillschweigen zu bewahren, um die wohlgesonnenen Gastgeber nicht zu kompromittieren. Verschwiegenheit war auch angebracht, um keine Nachahmer zu ermuntern. Sie würden nur durch ungeschicktes Auftreten, Unmäßigkeit in Essen und Trinken den guten Ruf zerstören, den Alfons mühevoll aufgebaut hatte.

Nicht vermeiden ließ es sich, daß Alfons einigen Wohltätern mehrfach begegnete. Das erforderte besonderes Feingefühl. Er brachte es zu regelrechten Freundschaften, in einem Falle sogar zu einer Duzbrüderschaft. Auf die diskrete Frage seiner Gönner, woran er gerade arbeite, redete er sich stets auf ein umfangreiches Werk hinaus, in dem die Probleme der Branche, die gerade zu

Tisch gebeten hatte, angemessen berücksichtigt seien. Die Frage »Was werden Sie über uns schreiben?« erinnerte Alfons stets an seine Kinderzeit und den Christbaum, weil sie mit erwartungsvoll leuchtenden Augen gestellt wurde. Er beantwortete sie immer mit dem Hinweis, er werde das schreiben, was der Referent als das Hauptproblem der Branche bezeichnet habe. Darüber freuten sich die Leute meistens. Kritischer war die Frage »Für wen schreiben Sie?«. Es wäre falsch, daraufhin die Abendzeitung zu erwähnen, denn der Korrespondent der Abendzeitung könnte zwei Schritte entfernt stehen. Unverfänglicher ist es da schon, sich als freier Journalist auszugeben, der für dieses und jenes Blatt arbeitet, vor allem aber für Funk und Fernsehen. Letzteres machte immer einen gewaltigen Eindruck.

Zu meiden waren Veranstaltungen mit einer geringen Besucherzahl. Dort kannte jeder jeden, ungebetene Gäste fielen sofort auf. Alfons bevorzugte Stehempfänge, auf denen Speisen und Getränke herumgereicht oder auf einem Tisch zur eigenen Bedienung abgestellt werden. Die Gespräche der Stehenden sind oberflächlicher und gedankenloser, so daß Alfons sich ungestört der Nahrung widmen konnte. Wurde dagegen zu reservierten Tischen gebeten, mußte er tiefschürfende Gespräche befürchten, die sogar Religion und Politik nicht aussparten, aber so gut wie niemals ins Zotige abglitten, auch dann nicht, wenn es an Damen fehlte. Alfons lernte ein paar Witzchen zur gefälligen Bedienung auswendig, doch hielt er sich frei von jeder erotischen Derbheit. Er begegnete auf den Empfängen überwiegend älteren Herrschaften, die durch allzu direkte Anzüglichkeiten an den traurigen Lauf aller irdischen Dinge und das eigene Unvermögen erinnert worden wären.

Wenn er den Saal betrat, gab er sich leger und selbstbewußt. Eine Prüfung, ob der Gast wirklich geladen war, fand nur selten statt. Alfons profitierte von der Neigung aller Gastgeber, den Erfolg einer Veranstaltung an der Zahl der Teilnehmer zu messen. Er gewöhnte es sich an, das akademische Viertel einzuhalten. So vermied er unnütze Gespräche an der Eingangstür und wurde, wenn die Veranstaltung schon begonnen hatte, möglichst unauffällig zu einem freien Platz geleitet. Zu schaffen machte ihm die Unsitte, den Besuchern Namensschilder dreist an die Kleidung zu heften oder sie zur Identifizierung auf die Tische zu stellen. Glücklicherweise fehlten immer ein paar Gäste trotz vorheriger Zusage. Ihrer Namensschilder konnte er sich bedienen, nicht ohne Angst auszustehen, der rechtmäßige Besitzer könnte doch noch kommen. Einmal geschah es tatsächlich, und Alfons mußte sein ganzes schauspielerisches Talent aufbieten, um glaubhaft eine Verwechslung darzustellen. Tückisch waren die Namensschilder, wenn sie nichts über das Geschlecht des Gastes aussagten. Einmal saß Alfons anderthalb Stunden hinter dem Namensschild einer stadtbekannten hübschen Frau. Nach dieser Panne mied er Veranstaltungen mit Namensschildern, auch wenn sie gut mit Speisen beschickt waren.

Schwierigkeiten bereitete ihm anfangs der Zwang zur Mäßigung. Seriös zu bleiben und trotzdem satt zu werden, kam einer Quadratur des Kreises gleich. Vor allem alkoholische Getränke durfte er nur in dem Maße zu sich nehmen, wie es zum Herunterspülen der Speisen unerläßlich war; denn zu viel Alkohol konnte zu unbedachten Worten oder einem Ausrutscher auf dem Parkett führen. In den ersten Monaten aß er, was man ihm vorsetzte, später wurde er wählerisch. Eier und trockenes Fleisch verschmähte er, bevorzugte geräucherten Fisch und Salamischeiben. Er lernte, Verwöhntheit zur Schau zu stellen, ein Verhalten, das dem Gastgeber bestätigte, es mit seinesgleichen zu tun zu haben. Wer alles frißt, erregt unliebsames Aufsehen. Auch macht es sich immer gut, an den Speisen herumzunörgeln, sie als zu fett, zu salzig, zu fade, zu warm oder zu kalt zu bezeichnen. Alfons mied es, Speisen in größeren Mengen mitzunehmen. Nur wenn er für längere Zeit keine Aussicht auf eine nahrhafte Veranstaltung hatte, mußte er sich wohl oder übel einen gewissen Vorrat zulegen. Er steckte trockene, nicht fetttriefende oder klebende Speisen ein; Hähnchen oder kalte Bratenstücke eigneten sich dafür besonders gut.

Mit Dankbarkeit dachte Alfons an die Empfänge auf Messen zurück. Zwei Umstände erleichterten dort seine Arbeit. Wer eine Messe beschickt, fühlt sich von vornherein, was das Angebot an Speisen und die Auswahl der Gäste betrifft, zu einer gewissen Großzügigkeit verpflichtet. Außerdem laufen auf Messen viele fremde, unbekannte Menschen herum, so daß es ein leichtes ist, sich ungestört zu verköstigen. Alfons erinnerte sich eines turbulenten Messeempfangs, als es ihm gelang, ein Holztablett voller Pasteten in einer Plastiktüte davonzutragen. Nachdem er die Pasteten im Park verzehrt, auch einigen Brüdern davon abgegeben hatte, brachte er das Tablett unbehelligt zurück. Es glückte ihm sogar, zum

Nachtisch eine Handvoll echter Manilazigarren einzustecken.

Auch an erbauenden und belehrenden Erlebnissen fehlte es nicht. Mit Rührung gedachte Alfons einer bekannten Schauspielerin, die es sich in den Kopf gesetzt hatte, zu ihrem 60. Geburtstag, der in Wahrheit ihr 65. war, einen Empfang zu geben. Alfons wäre der Veranstaltung ferngeblieben, hätte er geahnt, daß die Dame bei dieser Gelegenheit beweisen wollte, wie anziehend und männermordend sie trotz des hohen Alters noch sei. Als Mittel der Beweisführung hatte sie Alfons auserkoren. Noch Monate später tat sie ihm leid, denn ihm stand der Sinn damals allein nach Hummercocktail. Außerdem hatte er nicht gebadet, so daß er schon aus hygienischen Gründen davon absehen mußte, den ihm zugedachten Part zu spielen.

Ein schlechtes Gewissen hatte Alfons gegenüber der katholischen Kirche. An einem schneereichen Wintertag fraß er in einem gut gewärmten Gemeindehaus das gesammelte, für hungernde Kinder bestimmte Weihnachtsgebäck zur guten Hälfte auf und wurde dafür mit zweitägigen Leibschmerzen bestraft.

Verlegen machte ihn das zweite Zusammentreffen mit dem Pressechef der Margarinewerke. Bei der ersten Begegnung hatte der Mensch Alfons gedrängt, ihm seine Telefonnummer zu geben. In seiner Verzweiflung nannte Alfons wahllos eine Zahlenreihe, ohne zu ahnen, daß es sich um die Telefonnummer eines zweitklassigen Bordells handelte. Als sie sich wieder trafen, klopfte der Mensch ihm augenzwinkernd auf die Schulter und sagte: »Na, Sie sind ja ein ganz Schlimmer.«

Rückschauend mußte Alfons bekennen, daß seine Tätigkeit ihm nicht nur ausreichende Nahrung verschafft, sondern ihn auch zu einem besseren Menschen gemacht hatte. Er fühlte sich, zumindest vorübergehend, aus dem Sumpf der Straße gehoben. In aller Bescheidenheit durfte er von sich sagen, eine gewisse Bildung erworben zu haben, die in seinen Kreisen nicht üblich war. Regelmäßig las er die in den Papierkörben der Parks abgelegten Zeitungen, so daß sein Allgemeinwissen beträchtlich anstieg. Einen schönen Erfolg verzeichnete er in dieser Hinsicht erst kürzlich. Er überraschte den Sprecher der Aluminiumwerke mit der Frage: »Sagen Sie mal, wann sind die Bauxitlager in Australien eigentlich erschöpft?«

Seine größte Sorge war es, eines Tages an überladenem Magen in den Grünanlagen der Stadt zu sterben. Nach üppigem Essen spürte er immer häufiger aufsteigende Müdigkeit, verbunden mit Schwindel und Kopfschmerzen. Er verfaßte einen letzten Willen, in dem er inständigst darum bat, von Obduktionen und weiteren kriminalistischen Unternehmungen abzusehen. Keinerlei Fremdverschulden, sondern die reinste Überfressenheit werde zu seinem Tode führen. Er träumte davon, auf einem Empfang der Großbanken zu sterben. Der Schlag wird ihn treffen, wenn das kalte Buffet eröffnet wird und die Speisen noch unversehrt in ihrer Schönheit und Begehrlichkeit vor den Augen der Besucher liegen. Und eine Stimme wird rufen: »Alfons, es ist angerichtet.«

Jeder ruft nach Service, aber keiner will mehr dienen.

Tobias oder Das verhängnisvolle Denken

Nachher sind sie klüger. Diese Art von Arbeit hättest du gar nicht annehmen dürfen, sagen sie. Lieber in öffentlichen Anlagen Papier aufsammeln oder Kinos ausfegen, sagen sie. Deine Rente ist doch gar nicht so niedrig. Wenn du einen Zuverdienst brauchst, hätte es etwas anderes sein müssen. Gärtner wäre gegangen, sagen sie. Die Tulpenfelder in den Kuranlagen begießen, Torf auf Rosenbeete streuen und aufpassen, ob die Hunde wirklich an die Leine genommen werden.

Für den Nachmittag meldete sich ein Reporter der Lokalzeitung an. Mit Fotograf. Vielleicht kommst du sogar ins Fernsehen, Tobias. Diese Aufregung um eine Nichtigkeit! Als wäre der erste Mensch nackt durchs Eismeer geschwommen. Tobias stellte sich vor, wie sie auf seiner dunkelgrünen Couch sitzen würden, der Reporter und sein Fotograf, die Leute vom Regionalfernsehen und die vom Verein wider den tierischen Ernst und ein Geistlicher und Karnevalsprinzen und viele, viele mehr. Er sah ihr freundliches Lächeln, dieses verstehende, mitleidsvolle Lächeln, das die Menschen aufsetzen, wenn sie eine hinkende Oma über die Straße geleiten. Und immer wieder die gleiche Frage: »Mensch, Tobias, was haben Sie sich dabei gedacht?«

Gedacht war gut. Das traf genau den Punkt. Die Geschichte hing mit Denken zusammen, nur mit Denken.

Und sie war an diesen einen Ort gebunden. Nur in der kleinen Kurstadt mit dem alles beherrschenden Kurhotel konnte so etwas passieren. Jeden Tag eine Veranstaltung. Heute die Tierärzte, morgen die Dentisten, übermorgen Versicherungsleute oder Gewerkschaften. Nur hier gab es jene Nebenbeschäftigung für einen »rüstigen Rentner von gefälligem Äußeren«, die Tobias zum Verhängnis geworden war. Ein halbes Jahr hatte er damit zu tun gehabt. Bis gestern. Weiß Gott, es war eine angenehme Arbeit gewesen. Immer warm und trocken, gutes Essen aus der Hotelküche, aber eben dieser eine Haken: das Denken. Die Arbeit taugte nichts, weil sie ihm viel Zeit zum Denken gelassen hatte.

Den schwarzen Anzug, der fein geglättet und gebürstet neben ihm auf der Stuhllehne hing, hatte übrigens das Kurhotel gestiftet. Um die Mittagszeit wird es einen Jungen schicken, den Anzug abzuholen. Tobias gab ihn ungern zurück, hatte sich an das gute Stück gewöhnt. Anfangs war er sich darin wie ein Beerdigungsunternehmer vorgekommen. Tag für Tag in Schwarz. Um sich die vielen Menschen mit ihren feierlichen Gesichtern, stundenlang einem Mann am Rednerpult zuhörend. Das erinnerte tatsächlich an Beerdigungen. Ein Ritual wie im Gottesdienst. Unten eine andächtig lauschende Gemeinde, auf der Bühne ein wichtiger Mann, der von oben herab Wahrheiten verkündete. Ob die jemals begreifen werden, was für ein komisches Bild sie abgeben? Zweihundert gescheite, erwachsene Menschen, die ein interessiertes Gesicht machen und ergriffen zuhören, wie oben einer Texte verliest, die die zweihundert schon gedruckt vor sich liegen haben.

Bei der Einstellung hatte der Chef des Kurhotels gesagt, die Tätigkeit sei abwechslungsreich. Das war eine Lüge. Die einzige Abwechslung bot die Hotelküche. Und deshalb bekam er viel Zeit zum Denken.

Ohne Vorbereitung ließen sie ihn nicht an die Arbeit. Zwei Tage lernte er, Haltung anzunehmen und würdevoll auszusehen. Sie können das Schild nicht wie eine Mistforke schultern und damit in den Saal latschen, sagte der Empfangschef streng. Im leeren Kongreßsaal übten sie. Feierlicher Gesichtsausdruck, keine Gefühlsregung, das Schild gut sichtbar, immer schön vertikal. Mal nach links, mal nach rechts schauen. Ohne Hektik gehen, am besten schreiten, ja, der Empfangschef sagte schreiten. Vor dem Podium anhalten, sich mit dem Schild dem Publikum zuwenden. Kurze Pause, dann Abgang zur anderen Seite.

»Stellen Sie sich vor, Sie spielen im Theater! Sie sind der Schicksalsbote, der plötzlich die Bühne betritt und dem Stück die entscheidende Wendung gibt.«

Auf keinen Fall erläuternde Hinweise geben. Sprechen war nicht erlaubt. Nein, Tobias mußte wie ein geheimnisvoller Geist durch die Versammlung schreiten und seine stumme Botschaft wirken lassen.

Weil er nicht sprechen durfte, blieb nur das Denken. Anfangs konzentrierte er sich darauf, zu raten, in welchem Teil des Saales die gesuchte Persönlichkeit sitzen würde, hinten oder vorn, im Mittelgang, in der Fensterreihe oder an der Garderobenseite. Wenn er den Saal betrat, legte er sich fest, entschied sich beispielsweise für die Fensterreihe. Dann spazierte er los, nein schreiten war richtig, und freute sich, wenn der Gesuchte tatsächlich in der

Fensterreihe saß. Im Rückblick kam es Tobias so vor, als habe er immer mehr Treffer als Nieten gezogen.

Großen Spaß bereiteten ihm die Auftritte der Ausgerufenen draußen im Foyer. Wie sie sich bemühten, würdevoll und ohne Hast den Saal zu verlassen! Die meisten fanden Zeit, Tobias ein Trinkgeld in die Hand zu drükken; sie fühlten sich schuldig, die Veranstaltung gestört zu haben, und tilgten einen Teil der Schuld, indem sie Tobias reichlich beschenkten. Fast nie wurden die Großen herausgerufen. Tobias kam der Verdacht, die Kleinen und Unbekannten benutzten ihn, um auch einmal ins Rampenlicht zu treten. Sie beauftragten vorher ihr Büro, dieses oder jenes zu erledigen und danach im Kongreßhotel anzurufen. Wer aus einer Veranstaltung gerufen wird, muß eine wichtige Person sein. Für einen Augenblick zieht er alle Blicke auf sich, wird aus der Masse der zweihundert Zuhörer herausgehoben und feierlich aus dem Saal geleitet.

Das Unglück nahm seinen Lauf, als Tobias anfing, sich mit den Texten zu beschäftigen. Der Empfangschef merkte bald, daß er gut in Orthographie war. Er überließ es ihm, die Texte auf das Schild zu schreiben. Anfangs überprüfte er das Geschriebene, später durfte Tobias ohne Kontrolle in den Saal. Dieses schreckliche Einerlei der Texte! Dr. Müller bitte ans Telefon... Direktor Meyer bitte ins Foyer... Mehr kam nicht vor.

Um sich abzulenken, konzentrierte Tobias sich auf die Namen und Titel der Ausgerufenen. Auf Ärztekongressen kamen fast nur Doktoren vor. War die Wirtschaft versammelt, ging es um Generaldirektoren, Direktoren, Subdirektoren, Abteilungsdirektoren, Bezirksdirektoren,

Filialdirektoren und Prokuristen. Auf einer politischen Veranstaltung mußte er einen Genossen Haferbaum aus dem Saal holen, was Tobias schon als kleine Sensation empfand. In bester Erinnerung hatte er die Bauern. Als sie tagten, trug Tobias folgenden Text in den Saal: »Herr Alfons Grödner bitte zu Hause anrufen. Sie sind soeben Vater geworden.«

Es gab einen regelrechten Tumult im Saal. Der Bauernpräsident unterbrach seine Rede, ging auf den Ausgerufenen zu und schüttelte ihm die Hand. Die Anwesenden klatschten Beifall. Erst nach fünf Minuten konnte der Redner fortfahren und der junge Vater ans Telefon eilen.

Aber solche Gefühlsausbrüche kamen selten vor. Im allgemeinen waren die Veranstaltungen langweilig und trostlos, so daß Tobias nichts übrigblieb, als zu denken. Was wohl geschieht, dachte er, wenn du den Satz in den Saal trägst: »Siebzigjähriger Rentner bittet um eine milde Gabe«? Na, die würden sich wundern, und seinen Posten wäre er auch los. Auch folgender Text hätte augenblickliches Berufsverbot zur Folge: »Vor der Tür liegt eine Bombe. Wer zehn Mark in meinen Hut legt, den führe ich sicher durch den Hinterausgang ins Freie.«

Es machte ihm Spaß, sich absonderliche Sprüche auszudenken. Je mehr er sich damit beschäftigte, desto frivoler wurden sie.

»Dr. Müller bitte nach Hause kommen, Ihre Frau geht gerade fremd!« fiel ihm ein, als die Immobilienmakler tagten. Oft stieg er zurück in die Vergangenheit, lieh sich Sprüche aus, die ihm in seinem siebzigjährigen

Leben begegnet waren. »Psst! Feind hört mit!« Das wäre vielleicht etwas für den Datenverarbeiterkongreß.

»Räder müssen rollen für den Sieg!« reservierte er für die Eisenbahnergewerkschaft, vielleicht auch für die Automobilbauer.

Warum wurden seine ausgedachten Sprüche immer aggressiver? Warum verstieg er sich sogar zu der furchtbaren Entgleisung: »Alle Luden raus, der Puff brennt!«

Jetzt, da alles vorüber war, Tobias trübsinnig in seiner Rentnerwohnung saß und auf die Lokalpresse wartete, jetzt wußte er den Grund. Es hatte an der Mißachtung seiner Person gelegen. Wenn er den Saal betrat, starrten zweihundert Augenpaare das dämliche Schild an, aber niemand beachtete den Schildträger. Ein Hund mit Schleife, eine Brieftaube oder ein reitender Bote hätten größere Aufmerksamkeit erregt als der Rentner Tobias mit seinem schwarzen Schild. Er war sich nicht mehr wie ein Mensch vorgekommen, sondern wie ein Teil dieses leblosen Schildes, das sich in eingeübten, abgezählten Schritten durch den Saal bewegte. Warum ist noch niemand auf den Gedanken gekommen, für diese Aufgabe einen Roboter einzustellen? Der wäre nur auf dreißig Schritte geradeaus zu programmieren, dann die abrupte Kehrtwendung und Abgang auf der anderen Seite. Wieder dreißig Schritte.

Tobias ertrug es bis zu jenem denkwürdigen 30. September. Das war gestern. Ein ruhiger Tag. Nur hundert Menschen saßen stumm im Kongreßsaal und hörten etwas über den Wohnungsbau der Zukunft, über den Bedarf an umbautem Raum pro Kopf der Bevölkerung im Jahre zweitausendunddreißig. Niemand wollte ausgerufen werden. Gelangweilt saß Tobias im Foyer, wartete auf seinen Auftritt, malte Sprüche auf die Tafel, lustige und traurige, freche und besinnliche.

Nachher wußte er nicht mehr, wie er in den Saal gekommen war. Nur soviel war ihm in Erinnerung: Als er eintrat, sprach der Mensch am Pult gerade über die kalte Miete in fünfzig Jahren. Das trifft sich gut, dachte Tobias und marschierte los, das Schild wie eine Fahne voraustragend. Marschierte bis vor das Rednerpult. Dort die eingeübte Wendung zum Publikum. Eine leichte Verbeugung. Das Schild hoch erhoben. »In fünfzig Jahren seid ihr alle tot!« stand da.

Ein Raunen ging durch den Saal. Der Redner verstummte augenblicklich. Ein Glas, gefüllt mit Tafelwasser, fiel vom Pult und zerschellte. Manuskriptblätter flatterten wie tote weiße Vögel vom Rednerpult ins Auditorium. Erst schallendes Gelächter. Plötzlich Stille.

Der Empfangschef kam mit hastigen Schritten auf das Rednerpult zu. Erst schmetterte er das Schild zu Boden, dann führte er Tobias ab, nun keineswegs würdevoll schreitend. Anschließend ging der Empfangschef noch einmal in den Saal, um sich zu entschuldigen.

»Was haben Sie sich nur gedacht?« brüllte er Tobias an.

Ja, was hatte er sich gedacht? Das gleiche wird der Lokalreporter fragen, wenn er nachher auf der dunkelgrünen Couch sitzt. Tobias wußte nur, daß die ganze Sache etwas mit Denken zu tun hatte, aber er konnte es nicht erklären.

»Ich verstehe die Aufregung nicht«, wird er dem Lokalreporter sagen, »auf dem Schild stand doch nur die Wahrheit.«

Brückenbau im Morgenland

Bevor Onkel Jonathan Amerika entdeckte, lebte er viele Jahre in einem europäischen Land, dessen Name ihm entfallen war. Auch die Sprache, die seine Muttersprache gewesen war, vergaß er vollständig, worüber alle sich wunderten, denn er war in jenem Land in die Schule gegangen, hatte sogar an einer berühmten Universität seine Rechte studiert. Nach den Gründen befragt, warum er dieses Land, das ein sehr schönes Land gewesen sein soll, verlassen habe, erzählte Onkel Jonathan von einer seltenen Krankheit, die dort ausbrach, sich rasch ausbreitete und nicht selten tödlich endete. Diese Krankheit befiel nur Menschen einer bestimmten Rasse, Onkel Jonathan gehörte zu ihr. Rettung war nur möglich, wenn man das Land schnell verließ, denn die Krankheit wütete nur hier und sonst nirgendwo. Schweren Herzens machte sich Jonathan daran, seiner Heimat ade zu sagen. Er bemühte sich um die notwendigen Papiere, erfuhr dabei, daß seine Ausreise dringend erwünscht sei, er aber außer einem schmal bemessenen Reisegeld keinerlei Vermögen mitnehmen dürfe. Diese Werte müßten im Lande bleiben und sollten einer höheren Sache dienen.

Das traf ihn schwer, denn er hatte einen gewissen Reichtum erworben, besaß ein Haus am See, ein Büro in der Stadt und einen Geldschrank, in dem er in- und ausländische Aktien, Hypothekenbriefe und Schuldverschreibungen aufbewahrte. Es verdroß ihn, das alles für eine höhere Sache zurücklassen zu müssen, und so sann er nach Wegen, nicht nur sich, sondern auch den Reichtum außer Landes zu schaffen.

Da er das Recht studiert hatte, kannte er sich in diesen Dingen aus und verfaßte als erstes sein Testament, in dem er festlegte, was im Falle seines Todes geschehen sollte. Es wurde ein umfangreiches Schriftstück, das er in einem Umschlag verschloß und zu einem Notar trug. Dort gab er zu Protokoll, daß sich in dem verschlossenen Umschlag sein eigenhändig geschriebenes Testament befinde. Er bat darum, dieses ordnungsgemäß bei Gericht zu hinterlegen. Der Notar wunderte sich zwar über die Dicke des Umschlags, tat aber, wie es seine Amtspflicht war, und schickte Jonathans letzten Willen zur Verwahrung ans städtische Amtsgericht.

Als nächstes schrieb Jonathan an einen befreundeten Bankier in Zürich und bat ihn, in einer bestimmten Zeitung eine bestimmte Anzeige aufzugeben. Zwei Wochen später erschien in der Zeitung »Völkischer Beobachter« die bewußte Anzeige mit der Überschrift »Brückenbau im Morgenland«. Darin wurde die Errichtung einer Brücke über den Euphratstrom in Arabien ausgeschrieben. An dem Projekt interessierte Baufirmen sollten ihre Angebote unter Chiffre an die Anzeigenexpedition der Zeitung senden. Nachdem Jonathan die Anzeige gelesen hatte, nahm er wieder einen großen Umschlag und schickte ihn an die angegebene Chiffre. Die Zeitung »Völkischer Beobachter« expedierte den Umschlag pflichtgemäß an den Inserenten in der Schweiz.

Schließlich lud Jonathan Freunde und Bekannte zu einem Musikabend in sein Haus am See. Nachdem eine Sängerin Mozart-Arien gesungen und ein Pianist Chopin zum besten gegeben hatte, erhob sich der Gastgeber und erklärte, daß dieses gewissermaßen eine Abschiedsfeier sei. Wegen der im Lande grassierenden Krankheit gedenke er, eine längere Reise zu unternehmen. Ob er je zurückkehren werde, wisse er nicht. Gegen Mitternacht ließ Jonathan seinen Gästen Champagner einschenken. Sie stießen miteinander an und ließen das Land, in dem Jonathan so viele Jahre glücklich gelebt hatte, hochleben. Auch sangen sie Lieder. Jonathan sprach die Hoffnung aus, daß die schwere Krankheit, die das Land befallen habe, bald geheilt sein werde und er zurückkehren könne.

Zum Ende der Feier öffnete Jonathan seinen Geldschrank, entnahm ihm ein Paket ausländischer Wertpapiere und gab sie Stück für Stück ins Kaminfeuer. Als seine Gäste sahen, wie Schweizer Hypothekenbriefe, kanadische Minenaktien und New Yorker Schuldverschreibungen in Flammen aufgingen, wollten sie ihm in den Arm fallen, um zu verhindern, daß er sich so in Armut stürze. Aber Jonathan lachte nur. Die Gesetze seien so, daß er die Papiere keinesfalls außer Landes nehmen dürfe, also gehörten sie ins Feuer. Schaudernd sahen sie zu, wie Jonathan seinen Reichtum verbrannte.

Tags darauf begab er sich auf ein Schiff, das nach Kopenhagen auslaufen wollte. In der dänischen Stadt angekommen, fiel ihm ein, daß er sein Testament in bestimmten Punkten ändern müsse. Er begab sich zu einem dänischen Gericht und erklärte, daß er in dem Land, aus dem er gerade gekommen sei, seinen Letzten Willen geschrieben und bei Gericht hinterlegt habe, nun aber anderen Sinnes geworden sei und sein Testament ändern wolle. Er schrieb ein neues Testament, verwahrte es in Kopenhagen und bat darum, das alte vom städtischen Amtsgericht abzufordern. So geschah es. Das alte Testament kam auf dem Dienstwege aus dem Land, das er verlassen hatte, nach Kopenhagen und wurde dort Jonathan ausgehändigt. Er öffnete den Umschlag und fand darin weiter nichts als ein Paket Wertpapiere.

Danach reiste Jonathan zu seinem Freund in Zürich, dem die Zeitung »Völkischer Beobachter« die Angebote zum Bau einer Brücke über den Euphrat übersandt hatte. In seinem Umschlag fand er die restlichen Wertpapiere. Schließlich besuchte er die große Stadt London, legte dort die Nummernliste jener Papiere vor, die ins Kaminfeuer gewandert waren, und erklärte, daß sie ihm bei einem Brande verlorengegangen seien. Er bestellte ein Aufgebotsverfahren und erhielt nach Ablauf der gesetzlichen Fristen neue Urkunden als Ersatz für die verbrannten Stücke ausgestellt.

So gelang es Onkel Jonathan, mit allen seinen Reichtümern nach Amerika auszuwandern und dort bis zu seinem Ende zu leben. Als die seltsame Krankheit nach zwölf Jahren erlosch, weigerte er sich, in sein Land, das ihm Heimat gewesen war, zurückzukehren. Er vergaß auch dessen Sprache und die Rechte, die er dort studiert hatte. Bis zu seinem Ende bedauerte er nur, daß er sein Haus am See nicht per Anzeige in die Schweiz oder per Testament nach Kopenhagen hatte schicken können. Die Brücke über den Euphrat ist nie gebaut worden.

Jennifer oder Die Konferenz der Meere

Vor Jahren, als das schwarze, stinkende Öl die Farbe des Goldes angenommen hatte und die klebrigen Klumpen an die Strände spülten wie Bernstein, vor Jahren also fand in der nördlichen Stadt eine Konferenz über die Meere statt. Zu ihr schickten die Staaten, die am Wasser lagen, ihre Minister, unter ihnen auch ein Abgesandter Arabiens, denn es hieß, die Ölländer wollten, nachdem sie London und Los Angeles in ihren Besitz gebracht hatten, nun auch die Ozeane erwerben, sie entsalzen, um mit dem Meereswasser die Wüste in einen blühenden Garten zu verwandeln. Schon handelten sie das Eis der Antarktis in kilometerlangen Barren an den Terminbörsen der Welt. Eines Tages wird man es den Nil hinaufschleppen, um der Sahelzone neues Leben zu schenken.

Der arabische Herrscher kaufte, bevor er in die nördliche Stadt reiste, dort das erste Hotel am Platze, reservierte für sich und sein Gefolge ein ganzes Stockwerk und gedachte in den Stunden, in denen er nicht gerade der Konferenz beiwohnte, vom Dachgarten die Aussicht auf die Stadt zu genießen und den schmutzigen Strom, auf dem schwerbeladene Tanker vom Meer hereinkamen und einen starken Geruch unraffinierten Öls verbreiteten.

Nach der Ankunft ruhte er aus in seinen Gemächern, dann begab er sich zur Konferenz der Meere, um eine

Grußadresse zu verlesen, befahl noch im Einsteigen seinem Diener, der für Speisen und Getränke des Herrschers zuständig war, eine Frau zu beschaffen. Zu seiner Begleitung gehörten fünf Damen des heimischen Harems, aber der Minister aus Arabien liebte es, an den Stätten seines politischen und ökonomischen Wirkens eine Blume des jeweiligen Landes zu erwerben. Warum sollte der Reichtum, der aus dem schwarzen Gold floß, sich nur in toten Immobilien, kaltem Beton und der Entsalzung der Ozeane niederschlagen und nicht auch in lebenden Gegenständen? Wenn einst die Wüste mit Leben erfüllt sein wird, braucht sie schöne Frauen, die unter Palmen und Oleander lustwandeln, um die Abenddämmerung mit ihrem Gesang zu erfüllen. Als der Wagen sich schon in Bewegung setzte, bemerkte der Herrscher aus dem halbgeöffneten Fenster, daß es natürlich keine Dirne sein solle, sondern eine richtige Frau, die er zu ehelichen gedenke nach den Gesetzen seines Landes. Es müsse auch bald geschehen, noch vor dem Ende der Konferenz über die Meere.

Während er die Grußadresse verlas, schwärmte seine Begleitung aus. Einige Leute stellten sich vor die Mädchenschule, bis ihnen gesagt wurde, daß es in Europa verboten sei, schulpflichtige Kinder zu kaufen. Auch vor den Kirchen postierten sie sich, trafen aber nur Trauer tragende Witwen in vorgerücktem Alter. Auf dem Bahnhof begegneten ihnen zwei Schwedinnen auf der Durchreise, die aber so aneinander hingen, daß sie nur zu zweit oder gar nicht dieses Abenteuer bestehen wollten. Da ersteres gegen die Gewohnheit des arabischen Herrschers verstieß, ließen sie die blonden Mädchen aus dem Norden unbehelligt südwärts reisen und suchten weiter, verliefen sich in die Kaufhäuser und Einkaufspassagen und fanden in einer Boutique am Wasser in bevorzugter Lage Jennifer. Sie verkaufte Schmuck, auch kostbare Kleider und war von jener entrückten Schönheit, die man gelegentlich auf Laufstegen entschwinden sieht. Jennifer wartete seit Jahren darauf, entdeckt zu werden, nicht vom Film oder Fernsehen, sondern von den Modehäusern in Paris, New York oder Milano. Ihre größte Sorge war es, vor der Entdeckung alt zu werden.

Zur Probe erwarb einer aus dem arabischen Gefolge bei ihr einen Armreif für fünfeinhalbtausend Mark, zahlte in Dollar und fragte, während Jennifer die Ware hübsch verpackte, ob sie die Frau eines Scheichs werden wolle. Nicht für eine Nacht oder die Dauer der Konferenz über die Meere, sondern für alle Ewigkeit und wohlversorgt, denn Öl sei ja, wie jeder wisse, das pure Gold. Jungfräulichkeit sei erwünscht, aber nicht Bedingung, die Herrscher Arabiens hätten sich in diesem Punkte den europäischen Sitten angepaßt. Jennifer brauche auch nicht nach Arabien zu reisen, um ihr Leben in der Abgeschiedenheit eines Harems zu verbringen. Sie dürfe in der nördlichen Stadt bleiben, müsse aber stets bereit sein für die Besuche des Herrn, der viel umherreise und es liebe, an den wichtigsten Plätzen der Welt nicht von irgendeiner, sondern von seiner Frau empfangen zu werden. Einzige Bedingung: Es müsse schnell gehen, spätestens morgen.

Jennifer erbat sich fünf Minuten Bedenkzeit, verschwand in der Umkleidekabine, betrachtete dort ihr Gesicht und den Körper. Als sie Lippenstift und Nagellack aus ihrem Täschchen entnahm, fand sie den zerknitterten Brief der Hausbank, die ihr mitteilte, daß der Kredit zwar verlängert werde, aber zu steigenden Zinsen. Seitdem das schwarze Gold die Finanzmärkte beherrschte, stiegen die Zinsen ins Unermeßliche, und hübsche Verkäuferinnen wie Jennifer mußten den Wucher bezahlen. Der Brief der Hausbank gab den Ausschlag.

Sie wollte dem arabischen Unterhändler ein Bild von sich mitgeben, aber der lehnte dankend ab. Sein Herr verlasse sich ganz auf die von ihm getroffene Auswahl und wünsche keine vorherige Besichtigung. Andererseits gebe es auch kein Foto des Herrschers, denn das Abbilden von Menschen sei in seinem Lande unüblich. Er könne aber versichern, daß sein Herr von ungewöhnlicher Kraft und im besten Mannesalter sei. Wenn sie ihn vorher sehen wolle, möge sie in die Morgenzeitung schauen, da sei er an der Spitze der arabischen Delegation abgebildet.

Am nächsten Tag kam der Abgesandte des arabischen Herrschers mit einem blauen Auto vorgefahren, das sie per Flugzeug aus der Wüste eingeflogen hatten. Es trug vorn die Wimpel des Herrscherhauses und glich jenen verdunkelten Limousinen, die zuweilen in den Straßenschluchten Manhattans rollen und von denen der Volksmund sagt, daß sie im Fond nicht nur eine Bar mit Television haben, sondern auch einen Swimmingpool. Zwei Männer trugen einen Rosenstrauß von gewaltigen Ausmaßen in den dritten Stock, wo Jennifer wohnte. Sie möge bitte, so erklärten die Überbringer der Rosen, ins erste Hotel am Platze kommen, nicht etwa, um ihrem künftigen Herrn vorgestellt zu werden – der war mit der

Konferenz der Meere beschäftigt –, sondern um mit seinem Finanzberater den materiellen Teil der Transaktion zu besprechen. Jennifer rief in der Boutique an, entschuldigte sich wegen Unpäßlichkeit, gab den Rosen Wasser und fuhr mit der verdunkelten Limousine in jenes Hotel, das über Nacht einen arabischen Namen erhalten hatte.

Es sei nicht vorgesehen, ihr eine Suite im Hotel zur Verfügung zu stellen, empfing sie der Finanzberater, ein Geldgenie aus Zürich, das der Scheich vor Jahresfrist gekauft hatte, als die Gnome dort anfingen, Hunger zu leiden. Er habe eine Villa im vornehmen Teil der Stadt erworben mit Blick zum Strom, auf dem die Schiffe das schwarze Gold bringen. Die Beschaffung der Villa bereitete keine Mühe, wohl aber ihre Einrichtung innerhalb von zwölf Stunden. Gerade würden die Räume beheizt, die Kühlschränke aufgefüllt, die toten Glühbirnen in den Kandelabern ausgewechselt, Teppiche verlegt und die Schlafräume mit einem orientalischen Diwan versehen und mit Duftstoffen angereichert. Während die Ausstatter in der Villa am Strom sich die Klinke in die Hand drückten, besuchte Jennifer mit dem Finanzberater die Hausbank. Als erstes wurde der gerade verlängerte Kredit mit den erhöhten Zinsen gestrichen, denn es galt als unschicklich, wenn die Frau eines arabischen Scheichs Schulden besaß. Sodann eröffnete der Gnom aus Zürich ein Dollarkonto mit einer Startsumme von zehntausend, dem standesgemäßen Unterhalt für den gerade laufenden Monat. Der Bankdirektor sprach von einem Wunder. Recycling der Öldollars sei das Gebot der Stunde, jedes Mittel müsse recht sein, auch dieses.

Auf dem Rückweg besuchten Jennifer und das Finanzgenie die vornehme Boutique, wo die sofortige Kündigung mündlich und schriftlich erklärt wurde. Mögliche Schadenersatzansprüche wegen des vorzeitigen Abganges wehrte der Gnom dadurch ab, daß er an Ort und Stelle Jennifers Brautkleid mit dem dazugehörigen Schmuck kaufte und bar bezahlte, ohne drei Prozent Skonto auszuhandeln.

In einer Konferenzpause am frühen Nachmittag fand die Eheschließung nach islamischem Ritus statt. Jennifer sah ihn bei dieser Gelegenheit zum ersten Mal und war angenehm überrascht von der kräftigen Gestalt und den stechenden Augen. Sein Alter entsprach ihren Erwartungen. Er war kein Greis, aber auch nicht so jung, daß er länger als sie zu leben gehabt hätte. Sie sprachen englisch. Er fragte nach Alter und Namen, wollte wissen, ob die Eltern noch lebten, wenn ja, in welchen ökonomischen Verhältnissen. Er erkundigte sich nach der Gesundheit und wunderte sich, daß sie das unwirtliche Klima des Nordens ertragen konnte. Wenn es ihr unbehaglich werde, solle sie es ihm mitteilen, er werde dann ein Haus an den milden Gestaden des Genfer Sees für sie einrichten. Nach der Zeremonie küßte er flüchtig ihre Hand, eine Aufmerksamkeit, die er in Polen gelernt hatte und die er gelegentlich seinen europäischen Frauen zuteil werden ließ. Danach eilte er zurück zur Konferenz der Meere, die in ihr entscheidendes Stadium getreten war. Die Begleitung brachte Jennifer in die Villa am Strom. Dort besichtigte sie siebzehn Räume und zwei Bäder, gab Anweisung, einen Renoir in den Flur zu hängen und die blauen Vorhänge durch karminrote zu ersetzen, weil Rot jeden weiblichen Körper in ein wohltuendes Licht taucht. Erschöpft ließ sie sich auf dem Diwan nieder, blätterte in einem Modejournal, hörte arabische Musik und wartete auf den Herrn.

Abends brannten in der Villa am Strom alle Lampen. Verschwenderisch fiel das Licht in den Garten, vom Wasser herauf grüßten die Öldampfer. Zwei Diener eilten ihm voraus und rissen die Türen auf. Kaum hatte er den Fuß über die Schwelle gesetzt, ertönte Musik, die Hymne des Herrschers. Jennifer wartete im Nebenraum auf ihren Auftritt. Im Speisesaal war eine Tafel für zwei Personen gedeckt. Dort ließ er sich nieder. Ein Diener brachte ein Schälchen, er wusch sich die Hände, ließ sie sich abtrocknen und salben. Dann befahl er, die Frau zu holen. Sie betrat mit jener selbstbewußten Unbekümmertheit den Raum, die orientalische Männer an europäischen Frauen so lieben, weil es jedem Mann schmeichelt, eine selbstbewußte Frau zu besitzen, wohingegen der Besitz einer unterwürfigen Sklavin gerade soviel Stolz erweckt wie das Eigentum an einem guten Mutterschaf.

Jennifer war unverschleiert. Er bat sie, Platz zu nehmen am anderen Tischende, fünf Meter von ihm entfernt. Sie möge essen, was sie begehre. Er habe arabische Spezialitäten einfliegen lassen, Datteln aus der eigenen Oase und das Fleisch eines Hammels, der in den heiligen Bergen um Medina gegrast habe. Es stehe ihr frei, auch die heimischen Gerichte des Nordens zu wählen, nur Fisch verbitte er sich. Sein Land hätte die Ozeane längst gekauft, wären sie nicht angefüllt mit diesem ekelhaften, stinkenden Fisch.

Ein Diener stand hinter ihrem Stuhl, legte vor, füllte nach, räumte ab. Der Herr saß ihr gegenüber und erklärte auf englisch die Speisen und Gewürze. Sie dachte, während sie aß, an ihren Englischlehrer, den sie gemocht hatte, was ihre Leistungen beflügelte und die Noten in die Höhe schnellen ließ, nebenbei ein schönes Beispiel dafür, wie eine gute Ausbildung die Lebenschancen zu erhöhen vermag. Ohne Englischkenntnisse hätte sie keine Anstellung in der vornehmen Boutique erhalten, denn dort erwartete man täglich internationales Publikum. Ohne Boutique mit internationalem Publikum wäre ihr der Abgesandte Arabiens nicht begegnet. So fügte sich alles zum Guten, angefangen bei der Wahl der Fremdsprache über den sympathischen Englischlehrer bis zu den süßen Datteln Arabiens.

Das Mahl dauerte an die zwei Stunden. Er sah müde aus. Diese internationalen Konferenzen über nichts weniger als die gewaltigen Meere strengten doch mächtig an. Plötzlich klatschte er in die Hände. Die Musik verstummte augenblicklich, die Diener verließen fluchtartig den Raum, nicht ohne vorher Duftstoffe zu versprühen und die Vorhänge zuzuziehen. Das Licht verdämmerte, geheimnisvolle Hände reduzierten es auf halbe Stärke, eine ägyptische Finsternis fiel von den Wänden. Aus dem Halbdunkel hörte sie seine Stimme. Er bat sie, sich zu erheben und zu ihm zu kommen. Er berührte ihre Hände, prüfte die Handgelenke und Arme, griff nach dem Ohrläppchen, ließ das helle Haar durch seine Finger gleiten, tastete flüchtig über die linke Brust, wie um zu sehen, ob sie überhaupt da sei, strich wie ein Schneider beim Maßnehmen mit beiden Händen an ihren

Beinen abwärts bis zu den Knöcheln und den rotlackierten Zehnägeln. Er tätschelte wohlwollend ihre Hüften und gab zu verstehen, sie müsse ein wenig an Gewicht zunehmen.

Nachdem er alle Körperteile überprüft hatte, bat er sie, sich zu entkleiden. Er selbst hockte während der Zeremonie auf dem Teppich, zündete eine Zigarette an und betrachtete in weißen Rauchschleiern den Vorgang der Enthüllung. Jennifer entkleidete sich mit jenem Charme, den man gern auf Laufstegen spazierenträgt. Es dauerte eine Zigarettenlänge, bis sie nackt in der Mitte des Raumes stand und zu frieren begann. Vom Strom her tuteten die Öltanker. Der Herrscher Arabiens trat ans Fenster und grüßte seine Schiffe. Danach löschte er das Licht gänzlich, sprach von der Last der internationalen Konferenzen und der sich dort ausbreitenden großen Müdigkeit.

Die Nachrichten sprachen davon, daß es auf der Konferenz einen Eklat gegeben habe. Ein nicht genanntes Land habe beschlossen, seine Hoheitsgewässer auf tausend Seemeilen auszudehnen, um sich in den Besitz des halben Atlantischen Ozeans einschließlich der Inseln Madeira, St. Helena und der Kanaren zu setzen. Ein vorzeitiger Abbruch sei zu befürchten, man verhandele schon über einen Termin zur Fortsetzung im nächsten Jahr.

Jennifer saß allein beim Mittagessen, als der Gnom aus Zürich in ihrer Villa erschien, um zu erklären, daß sein Herr, der ja nun auch ihr Herr sei, vorzeitig abreisen müsse. Für ihr Wohlergehen sei gesorgt. An jedem 15. eines Monats werde auf dem bewußten Konto ein Betrag von zehntausend Dollar eingehen, der es ihr erlaube, ein standesgemäßes Leben zu führen. Der Herr werde, wenn seine Geschäfte es zuließen, zu Besuchen in die nördliche Stadt kommen. Doch pflege er solche Besuche niemals anzukündigen. Sie müsse ständig bereit sein, ihn zu empfangen. Im übrigen hinterließ er eine Kontaktadresse in Abu Dhabi. An sie solle sich Jennifer wenden, wenn sie ein Problem habe, sei es finanzieller Art oder Krankheit oder Schwangerschaft. Nicht erlaubt sei der Geschlechtsverkehr in jeglicher Form. Ihr Herr habe das Recht, sie nach einem Fehltritt zu töten, was vor einem Jahr mit einer Frau in Rio de Janeiro tatsächlich geschehen sei. Gänzlich ausgeschlossen sei es, daß männliche Personen die Villa am Strom betreten.

Auch kein Briefträger?

Nein, der auch nicht. In dringenden Fällen, etwa bei Wasserrohrbrüchen und elektrischen Defekten, solle sie in Abu Dhabi anrufen. Erlaubt seien das Anhören von Konzerten, Theaterbesuche und Spaziergänge in zoologischen Gärten, aber niemals in männlicher Begleitung.

Den Rest des Tages verbrachte Jennifer allein in der Villa. Sie lüftete die siebzehn Räume, befreite sie von dem süßlichen Duft Arabiens. Als sie eine Freundin anrufen wollte, erschrak sie, weil es in der Leitung knackte. In der Dämmerung spazierte sie durch den Garten und sah auf der anderen Straßenseite einen Mann stehen. Er ruhte aus an einem Laternenpfahl, rauchte eine Zigarette nach der anderen und schlenderte erst gegen Mitternacht, als in der Villa die Lichter ausgingen, von dannen.

Nach einigen Tagen der Verstörtheit, die sie allein in dem großen Haus verbrachte, wurde sie heiterer. Sie ordnete ihre persönlichen Verhältnisse, meldete sich bei den Behörden um, stellte eine Reinmachefrau ein, kaufte ein sportliches Auto und einen Hund. An die Kontaktadresse in Abu Dhabi schrieb sie, daß sie sich als ständigen Begleiter einen Pudel zugelegt habe, ein männliches Tier. Dagegen sei wohl nichts einzuwenden. Abu Dhabi antwortete nicht. Zu ihrem Geburtstag kam ein üppiger Rosenstrauß. Von dem Studenten, der den Strauß im Auftrage einer Gärtnerei an der Haustür abgab und den sie bei dieser Gelegenheit flüchtig berührte, erfuhr sie, daß der Blumenstrauß aus einem arabischen Land komme.

Im Parkhaus setzte sie ihr Auto gegen einen Betonpfeiler. Unaufgefordert schickte ihr Abu Dhabi als einmalige Sonderzahlung einen Scheck über zehntausend Dollar, damit demonstrierend, daß man alles wisse, auch ihre Verkehrsunfälle. Sie fuhr gern durch die Stadt. Mit Sonnenbrille und breitrandigem Hut, der männliche Pudel auf dem Beifahrersitz, glich sie der Garbo in ihren vornehmsten Zeiten. Oft saß sie auf einer Bank am Ufer des großen Stromes und hielt Ausschau nach fremden Segeln. Jede Woche kam eine Friseurin ins Haus, später auch ein weiblicher Masseur. Nur der Mann, dem sie gehörte, kam nicht. Kein Brief erreichte sie, kein Telefonanruf schreckte sie nachts aus dem Schlaf. Pünktlich schickte die Bank ihre Kontoauszüge. Eine Vermögensanlagegesellschaft sandte ihr Prospektmaterial über günstige Geldanlagen in der Schweiz. Luxemburg empfahl sich mit zehnprozentigen Papieren und mehrwertsteuerfreien Goldanlagen, Chikago offerierte Warentermin-kontrakte. Ohne ihr Zutun war sie in die Adressenlisten der Finanzwelt geraten.

Aus der Zeitung erfuhr sie, daß die abgebrochene Konferenz der Meere in Lissabon fortgesetzt werde. Als das Fernsehen die Eröffnung zeigte, sah sie ihn, wie er flüchtig in die Kamera lächelte, im Hintergrund der Gnom aus Zürich. Einen Augenblick verspürte sie Neigung, nach Lissabon zu fliegen, sich ihm, wenn er von der Konferenz in sein Hotel fährt, in den Weg zu stellen, um ihn an seine Pflichten zu erinnern. Sie unterließ es, weil sie fürchtete, er werde sie nicht erkennen. Er wird längst ein eigenes Hotel in Lissabon gekauft und in einer Konferenzpause eine portugiesische Schöne geehelicht haben.

Jennifer kam sich überflüssig vor. Überall traf sie auf die sonderbarsten Anzüglichkeiten, ihren Zustand betreffend. Von Kinoleinwänden herab küßten sich pausenlos Liebespaare, in den Theatern redeten sie offen über sexuelle Praktiken, in den Vernissagen begegneten ihr weibliche und männliche Akte, und ein Polizist, der sie wegen Überschreitung der Höchstgeschwindigkeit zur Rede stellte, fragte beiläufig, ob sie Witwe sei. Sah sie so aus?

Die vielen arabischen Menschen, die ihr in der nördlichen Stadt begegneten, irritierten Jennifer. An Bushaltestellen, im Stau vor Verkehrsampeln, auf Bahnhöfen und Flugplätzen kamen sie ihr entgegen. Einige gaben sich zu erkennen und lächelten im Vorübergehen. Auch als sie in den Süden floh und stundenlang lesend auf einer Bank im Englischen Garten verbrachte, entdeckte sie jenseits des Buchrandes hinter Büschen und Springbrunnen arabische Menschen, die wie beiläufig Tauben fütterten. Als ein Herr aus einem der nahen Versicherungspaläste seinen mittäglichen Denk- und Verdauungsspaziergang unternahm und Jennifer anzusprechen wagte, mußte sie ihn bitten weiterzugehen. Abu Dhabi sah alles.

Zum christlichen Weihnachtsfest kam eine Kette aus Elfenbein, zum mohammedanischen Neujahrstag ein Diadem, Absender: Abu Dhabi. Die monatlichen Zahlungen erreichten pünktlich ihr Konto. Als die Inflation ins Kraut schoß und der öffentliche Dienst eine Tariferhöhung um sechs Prozent durchsetzte, bekam Jennifer unaufgefordert einen Inflationsausgleich in gleicher Höhe. Jeweils zur Monatsmitte rief der Bankdirektor persönlich an und unterbreitete Vorschläge, die zinsgünstige Anlage betreffend. In nur einem Jahr kam Jennifer zu einem Aktienportefeuille, einem Festgeldkonto und einem Depot voller öffentlicher Anleihen, sie wurde vermögenssteuerpflichtig. Aber außer dem Geld kam niemand. Ein arabisches Konsulat lud sie zu einem Empfang ein. Sie verstand es als ein Zeichen, daß man Jennifer als ihnen zugehörig betrachtete. Ein Auto mit weißgekleidetem Fahrer holte sie ab und brachte sie vor Einbruch der Dunkelheit zurück in die Villa am Strom. Auf dem Empfang versuchte sie, in Erfahrung zu bringen, wo sich ihr Herr aufhalte. Niemand wußte Genaues, einige vermuteten Valparaiso, andere Mindanao.

So vergingen Jahre. Der Pudel starb und räumte den Beifahrersitz für einen Cockerspaniel, auch männlich. Der Vermögensstatus, den der Bankdirektor für sie erstellte, überschritt die Millionengrenze. Es sei der Punkt erreicht, wo das Geld aus sich selbst lebe, erklärte ihr Steuerberater, mit dem sie telefonisch verkehrte und der ihr dringend empfahl, der wachsenden Steuerflut mit einem Transfer nach den Bermudas zu entgehen. Sie kaufte eine Wohnung im Tessin, fragte an, ob Abu Dhabi mit einer Wohnsitzverlegung einverstanden sei. Bevor die Antwort eintraf, brach der Ölmarkt zusammen.

Die Schlagzeilen schrien es hinaus, daß Öl wieder Öl sei, so schwarz und stinkend wie ehedem. Der Bankdirektor rief besorgt an. Zum ersten Mal seien die Zahlungen aus Abu Dhabi ausgeblieben. Es sei nicht tragisch, beileibe nicht, aber der guten Ordnung halber müsse er ihr den Verzug mitteilen. Dann kam der Tag, an dem die Kontaktstelle Abu Dhabi ihr ein Flugticket mit hektographiertem Begleitbrief schickte. Wegen der veränderten Lage auf dem Weltölmarkt sei man außerstande, allen rechtmäßigen Frauen des Herrschers ein Leben im Ausland zu gestatten. Der Herr befehle seinen Frauen die Heimreise. An seinem Hofe werde für sie gesorgt werden. Etwa vorhandene Kinder seien mitzubringen. Als Strafe für Nichterscheinen drohe der völlige Entzug der finanziellen Unterstützung, Verstoß als Ehefrau, nach Belieben des Herrschers wohl auch der Tod.

An einem Sommertag, als die Hitze über der Wüste flimmerte und Sandwolken dem Meer zutrieben, versammelten sich in der VIP-Lounge des Flughafens Abu Dhabi einundzwanzig Frauen und dreizehn Kinder. Drei Frauen waren dunkelhäutig, eine schien indianischer Abstammung zu sein und kam aus Mexiko, eine andere aus Venezuela. Tokio war vertreten und Bangkok, eine ungewöhnlich beleibte Person aus Sri Lanka hatte allerliebste Zwillinge mitgebracht. Aus Europa hatten eine Französin, eine Schwedin, eine Finnin, eine nordirische Protestantin und eine schottische Katholikin den Weg nach Abu Dhabi gefunden, außerdem Jennifer. Nordamerika war mit einem Weib vertreten, das der Freiheitsstatue im New Yorker Hafen glich, auch war eine Nachbildung der blonden Marilyn Monroe aus Key Biscane angereist. Stundenlang saßen sie schweigend, umgeben vom Plappern und Lachen der Kinder. Als die Mexikanerin mit der Französin ins Gespräch kam, fanden sie heraus, daß sie dasselbe Reiseziel hatten. Alle Frauen gehörten dem einen großen Herrscher und dem Öl. Diese Erkenntnis traf sie wie ein Donnerschlag. Einige lachten schrill, andere verbargen das Gesicht in den Händen, auch sollen Tränen geflossen sein. Die Kinder begannen zu schreien. In diesem Augenblick betrat er den Raum, er, auf den sie gewartet hatten. Ohne Begleitung kam er, wie es einem orientalischen Mann zukommt, der seinen Harem besucht. Die Frauen empfingen ihn im Halbkreis. Keine verneigte sich, keine küßte seine Füße. Und doch bückte sich eine und hob wie beiläufig eine herumstehende Bodenvase auf, schwang sie durch die Luft und zerschmetterte sie auf dem Schädel des Mannes. Augenblicklich brach er zusammen, Blut tränkte die weißen Gewänder. Im Beisein der dreizehn Kinder, die noch nie einen Menschen hatten sterben sehen, verschied er in den Armen seiner Frauen.

Es hielt sich das Gerücht, die Nordirin habe die kostbare Bodenvase zertrümmert. Auch der Polizei gelang es nicht, Näheres zu ermitteln, denn die Frauen, die sie verhörten, lachten nur. Die Zeitungen schrieben, die Irisch-Republikanische Armee habe ein Attentat auf einen arabischen Herrscher mittels einer Bodenvase verübt. Mehrere arabische Staaten beschlossen, kein Öl mehr nach Europa zu liefern, der Dollar stürzte ins Bodenlose. Später, als die Finanzmärkte zur Ruhe gekommen waren, würdigte die »Financial Times« in einem dreispaltigen Artikel die Rolle der Frauen bei der Wiederherstellung des finanziellen Gleichgewichts in der Welt der Petrodollars.

Jennifer aber lebte noch viele Jahre herrlich und in Freuden. Auch als das Öl wieder schwarz und häßlich war, litt sie keinen Mangel, denn ihre Vermögensverhältnisse waren von der Art, daß ihr Geld, wie der Bankdirektor zu sagen pflegte, aus sich selber heraus lebte.

Mit Geld kann man nicht alles kaufen: der falsche Trost der Armen.

Tod am Sonntag

Für den letzten Arbeitstag war der Champagner kalt gestellt, die Rede im Entwurf geschrieben. Um elf Uhr die Betriebsversammlung, auf der er sich von den Mitarbeitern verabschieden wollte, anschließend ein Empfang für die Leitenden, am späten Nachmittag hinaus in die Berge, Schneewandern. So stand es in seinem Terminkalender für Freitag, den 26. Februar.

Tatsächlich trafen sie sich an diesem Freitag, aber zu einer Verabschiedung anderer Art, auch um elf Uhr. Generaldirektoren der Wirtschaft, Abgeordnete, Minister und Staatssekretäre, Künstler, Museumsdirektoren, die Präsidenten der höchsten Gerichte, die Kollegen aus den Vorständen. Die geplante Ordnung seines letzten Arbeitstages war zur Ordnung seiner letzten Stunde geworden: Beisetzung am Freitag, dem 26. Februar, um elf Uhr. Danach wollte er zum Schneewandern an den Schliersee aufbrechen, Schneewandern war seine einzige Leidenschaft. Schnee gab es reichlich an diesem 26. Februar.

Als die Orgel schwieg, zählte eine Stimme seine Lebensdaten auf: Nach dem Studium der Rechte am 1. April 1954 in das Unternehmen eingetreten, zehn Jahre später schon im Vorstand, seit 1970 Vorsitzender ...

Er soll in einer letzten Verfügung bestimmt haben, wer zu diesem Freitag eingeladen werden darf. Auch gab es eine Anordnung, wonach nur der Pfarrer sprechen sollte, sonst niemand. Er wußte um die Verlogenheit aller Trauerreden und daß über Tote nur Gutes gesagt werden durfte.

Probleme bereiteten die Räumlichkeiten. Schließlich war er Protestant und fand in der katholischen Stadt kein protestantisches Gotteshaus, das groß genug war für dreihundert Trauergäste.

Ein Vierteljahrhundert Vorsitzender des Vorstandes, zählte der Pfarrer auf. Den Titel Generaldirektor, der ihm mehrfach angeboten wurde, lehnte er ab, den Doktor bekam er ehrenhalber, mied es jedoch, ihn im geschäftlichen Verkehr zu verwenden.

»Ein feste Burg ist unser Gott ...« ertönte es von der Empore. Ja, er war Protestant, geboren im Herzen des Protestantismus und im grünen Herzen Deutschlands. Daß dieses Herz vierzig Jahre lang rot schlug, hatte ihn tief geschmerzt, die Rückkehr Thüringens in die Mitte Deutschlands, die er noch erleben durfte, hatte ihn sehr bewegt.

Warum überließen sie ihm nicht die große katholische Marienkirche? Da hätten die Trauergäste nicht in den Gängen stehen müssen.

Er hatte es sich ausdrücklich verbeten. Die katholischen Gotteshäuser erschienen ihm zu prunkvoll. Er liebte den schlichten Backstein des Nordens, St. Marien in Lübeck, die Dome zu Ratzeburg und Schleswig, das Gotteshaus in Stralsund.

Die Stimme zählte die Aufsichtsratsmandate. Unter den Trauergästen sah man den Ministerpräsidenten des Landes neben dem Oberbürgermeister der Stadt.

Den Bibeltext soll er selbst ausgesucht haben:

»Ich habe einen guten Kampf gekämpft, ich habe den Lauf vollendet, ich habe Glauben gehalten.«

Unter seiner Führung erhielt das Unternehmen Weltgeltung. Er brachte es zurück an die Spitze, von der die Weltgeschichte es 1914 und 1939 verdrängt hatte.

Drüben saß der Repräsentant aus Australien, der Herr im schlohweißen Haar. Aus den Vereinigten Staaten war eine ganze Flugzeugladung eingetroffen. London war vertreten und Paris. Die Stimme erwähnte die Beiräte und Kuratorien, denen er angehört hatte. Der Verstorbene war ein bedeutender Förderer der Wissenschaften.

Als die Erde bebte, hielt er sich in San Francisco auf. Er flog in den Fernen Osten, um die Verwüstungen in Augenschein zu nehmen, die der Taifun Mireille an der japanischen Küste angerichtet hatte. Wer dem bedeutendsten Unternehmen dieser Art vorsteht, ist auch an den bedeutendsten Katastrophen auf dem Globus beteiligt. Selbst der Ausbruch des Pinatubo berührte ihn und seine Firma.

Er diente sein Leben lang nur diesem einen Unternehmen, wußte die Stimme zu sagen.

Kein Mensch hat ihn je in einer Nachtbar gesehen oder biertrinkend auf dem Oktoberfest. Das sagten die, die in den hinteren Reihen standen. Spaziergängern, die spätabends durch den Englischen Garten wanderten, fiel das Licht auf im obersten Stockwerk. Wenn er nicht schlief, arbeitete er. Besaß er keine Familie?

Doch, doch, eine reizende Frau, mehrere Kinder und schon drei Enkel. Sie standen vorn, ein kleines Häuflein inmitten der schwarzen Schar großer Namen.

Einundzwanzig Tage Urlaub im Jahr. Immer am 1. August fuhr er zu einer bestimmten Insel in der Nordsee, wohnte immer im selben Haus hinter den Dünen, blieb über Telefon, Funk und Telefax mit der Zentrale verbunden. Jeden Morgen brachte ein Kurierflugzeug die Post aus der Hauptverwaltung. Bis zum späten Mittag arbeitete er daran, gab seine Ratschläge und Weisungen. Nachmittags spazierte er mit seiner Frau am Strand bei jedem Wetter und genau fünfzig Minuten. Abends entspannte er sich bei Bach und Beethoven, er soll die russischen Dichter geliebt haben.

Die Stimme erwähnte die karitativen Leistungen und sein Engagement für die Kunst. Am 1. Advent gab er immer ein Hauskonzert.

Die Orgel spielte einen preußischen Choral, auch den hatte er sich ausgesucht. Obwohl in Thüringen geboren, lebte er preußisch. »Mehr sein als scheinen!« hing über seinem Schreibtisch. Für seinen Grabstein hatte er sich diesen Spruch ausgesucht: »Und wenn es köstlich gewesen ist, so ist es Mühe und Arbeit gewesen ...«

Wegen solcher Aphorismen liebte er die Heilige Schrift.

Eines Sonntags lud er seine Frau zum Spaziergang ein. Sie wanderten bis Grünwald. Vor dem Neubauprojekt seiner Firma, das im Rohbau fertig stand, endete der Spaziergang. Er kletterte durch die kahlen Stockwerke, zog Zollstock, Papier und Bleistift aus der Tasche und machte sich Notizen. Sie stand unten in den tiefen Spuren, die die Baufahrzeuge gezogen hatten, und fror. Er führte eine glückliche Ehe.

Das große Verdienstkreuz wurde ihm zum 60. Geburtstag verliehen.

Die von der Firma sagten, er habe seinen Tod selbst geplant. Vor fünfzehn Jahren schuf er ein Firmengesetz, wonach Vorstände und leitende Mitarbeiter spätestens am 65. Geburtstag auszuscheiden haben. Eine Altersgrenze wie ein Fallbeil, die einen traf es zu früh, die anderen zu spät. Nun hatte ihn das eigene Gesetz eingeholt. Er dachte zu preußisch, um sich eine Ausnahme zu gestatten. Gerade er hätte dem Unternehmen noch viele Jahre dienen können, aber er ging, weil sein eigenes Gesetz es so verlangte. Deshalb starb er früh.

In den letzten Tagen soll er sehr fröhlich gewesen sein. Jemand sah ihn mit dem Pförtner plaudern. Seinen langjährigen Fahrer lud er zu einem Bier ins »Hofbräuhaus« ein, der Sekretärin brachte er Blumen. Er sagte jedem, mit dem er zu tun hatte, daß er sich aufs Schneewandern am Schliersee freue. Am Freitag nachmittag wollte er damit beginnen.

Es gibt Menschen, die nur in den Sielen leben können. Spannt man sie früh aus, sterben sie früh. Funktionen hätte er genug gehabt. Er sollte vom Vorsitz des Vorstandes zum Vorsitz des Aufsichtsrates wechseln, aus dem Büro im obersten Stock in ein kleineres im Parterre. Sogar seine Sekretärin sollte er behalten, trotzdem brachte er ihr in der letzten Woche jeden Tag Blumen.

Das Große Haus an einem Sonntag. Draußen lag Schnee. In den Bäumen des Englischen Gartens krächzten die schwarzen Seelen. Von den Isarbrücken hingen Eiszapfen.

Sonntags ging er oft ins Große Haus, um dieses oder jenes zu ordnen und die Termine der kommenden Woche vorzubereiten. Es war sein Haus. Gern schlenderte er durch die leeren Gänge, achtete auf die Namensschilder an den Türen. Er kannte alle, die hier arbeiteten.

Im zweiten Stock hatte das Reinigungspersonal das Licht brennen lassen. Er schaltete es aus, legte der Sekretärin einen Zettel auf den Schreibtisch, sie möge die Hausverwaltung anweisen, solche Verschwendung zu unterbinden.

Er war gern allein. Die Fenster hielt er geschlossen, denn in der Stadt herrschte Winter. Keine Fliege brummte an den Scheiben, nur die Klimaanlage rauschte. Irgendwo läutete ein Telefon, dreimal ... viermal. Falsch verbunden. Es könnte ein Anruf aus Tokio sein, im Fernen Osten hat schon der Montag begonnen.

Auf den Dächern lag Schnee. Gute Sicht an diesem Sonntag. Er erkannte die Berge am Schliersee und freute sich aufs Schneewandern.

Er ordnete seine Akten. Den Stapel zur Rechten wollte er mit nach Hause nehmen. Das übrige kommt in die Kartons. Morgen werden die Packer die Akten hinuntertragen in das kleinere Büro des Aufsichtsratsvorsitzenden.

Er saß vor dem Kalender des Jahres 1993, der bis einschließlich Februar verbraucht war, aber für die Monate danach zahlreiche weiße Flecken zeigte, er notierte Wichtiges. Er diktierte einen Vermerk für seinen Nachfolger über den Umgang mit der Beteiligung in Singapur und listetete auf, warum sich das Unternehmen von dem Büro in Valparaiso trennen mußte. Die Weltuhr in seinem Rücken sagte ihm, daß in Valparaiso gerade der Sonntag begann, aber in Tokio war schon Montag.

Er trank klares Wasser. Im grünen Aquarium zu seiner Rechten standen die stummen Fische, leuchtend rot, gelb und schwarz. Durch die Stadt raste ein Polizeiwagen mit Blaulicht und Martinshorn, oder war es ein Krankenwagen?

An Sonntagen hielt er sich gern im Großen Haus auf. Wenn es still war, wenn niemand über die Flure huschte, keine Stimmen in den Gängen wisperten, wenn die Aufzüge wie tot lagen und niemand im Foyer wartete.

An der Wand vor ihm die Bilder der Altvorderen, die das Unternehmen vor hundert Jahren gegründet hatten. Wenn du tot bist, werden sie dein Bild auch in die Ahnengalerie hängen, dachte er.

Eine Notiz der Sekretärin: Herr Fresenius vom Staatsministerium bittet um einen Gesprächstermin.

Er blätterte in seinem Terminkalender und fand, daß es nur noch am Freitag ginge, an seinem letzten Arbeitstag. Um vierzehn Uhr wollte er hinausfahren zum Schneewandern. Also würde er eine Stunde später fahren und Fresenius um vierzehn Uhr empfangen. Er schrieb der Sekretärin einen Zettel wegen des Termins mit Fresenius. Nun war Fresenius wie verabredet gekommen, drei Stunden früher, er saß im Gotteshaus in der Reihe der schwarzen Gestalten.

Um elf Uhr fünfzig rief seine Frau an. Er versprach ihr, pünktlich um halb eins zum Mittagessen zu kommen: Ich bringe noch ein paar Akten in das untere Büro.

In der Stadt läuteten die katholischen Glocken.

Zwei Ordner mit vertraulichen Papieren, die er nicht den Packern überlassen wollte, klemmte er unter den Arm und schloß hinter sich das Büro ab. Dein letzter Sonntag im Großen Haus, fiel ihm ein. Er mußte lachen. Wenn einer 65 wird, hat er nach der statistischen Wahrscheinlichkeit noch fünfhundert Sonntage zu leben.

Treppensteigen machte ihm nichts aus. Er hielt es für unangebracht, nur seiner Person wegen den Aufzug in Betrieb zu setzen.

Auf der Treppe dachte er ans Schneewandern und sah, wie sich der Teppich weiß verfärbte. Vor ihm ausgebreitet ein endlos weißes Tuch. Die Aktenordner fielen in den Schnee. Er bückte sich, um sie aufzuheben, doch sie fielen ihm fort, fielen, fielen.

Niemand war da. Nur die Krähen krächzten in den Baumkronen des Englischen Gartens. Deutlich hörte er ihr Geschrei. Und wieder läutete das Telefon, es hörte nicht auf, es nahm kein Ende. In der Niederlassung Tokio fing um diese Zeit die Arbeit an.

Nun färbte sich auch das Treppenhaus weiß. Deutlich spürte er die Kälte des Schnees. Die Akten begraben in dem weißen Pulver, einige Papierfetzen flogen davon wie aufgeschreckte Vögel. Er sah sie am Horizont verschwinden in jener Gegend, die er durchwandern wollte. Danach sah er nichts mehr, nur diese weiße Landschaft, die allmählich erstarrte.

»Großer Gott, wir loben dich«, sangen die schwarzen Herren.

Herzversagen, sagte die Stimme des Pfarrers.
»Es hat Gott gefallen, unseren Bruder ...«
Nein, es hat ihm nicht gefallen!
Eigentlich hätte in diesem Augenblick die Betriebsversammlung beginnen sollen, pünktlich um elf.

Wettbewerb heißt jener Sport, bei dem die Kämpfer versuchen, sich gegenseitig die Kleider vom Leib zu reißen. Wer als erster nackt dasteht, darf ins eiskalte Wasser des Konkursverfahrens springen. Auf den anderen warten neue Kämpfer.

Ostpreussische Feuersbrünste

Von den Elementen ist keines so wundervoll anzuschauen wie das Feuer. Man hat Opernhäuser brennen sehen und Kathedralen, Wälder standen in Flammen, und Berge verglühten zu Asche, aber nirgends brannte es so schön und schaurig wie im fernen Masuren. Meistens geschah es nachts. Wenn die Dunkelheit nur schwer zu ertragen war, die Funken, die aus den Schornsteinen flohen, die Finsternis nicht zu besiegen vermochten, der Mond kein Licht gab und die Sterne sich verloren vorkamen, dann flammte hier ein Strohberg auf, dort eine Scheune oder ein strohgedeckter Stall. Gern tobte sich das Feuer in Gewitternächten aus. Das Grollen des Donners übertönte dann das Prasseln der Flammen und den schaurigen Klang der Feuerhörner.

Den ostpreußischen Feuersbrünsten ging die Sage voraus, daß sie sich an gleichen Stellen wiederholten, so als hätten bestimmte Bäume, Dächer oder Wasseradern unter der Erde eine Anziehungskraft für Blitze. Andere Flecken blieben dagegen vollständig vom Feuer verschont. So brannte es dem Bauern Grogonz in jedem zweiten Jahr. Angefangen hatte es im Sommer 24 nach der großen Inflation, womit es folgende Bewandtnis hatte: In Inflationszeiten durfte es nicht brennen, weil die Brandkassen wertloses Papiergeld auszahlten. 1924 gab es wieder gutes Geld, und sofort ging die Scheune des Grogonz mit einem Fach Hafergarben und der schon gedroschenen Hühnergerste in Flammen auf. Zwei Jahre danach traf es den neuen Stall, im schlimmen Winter 29 das Wagenschauer. Das Wohnhaus brannte nicht, jedenfalls nicht zu Lebzeiten der Oma, die ihre letzten Jahre im Lehnstuhl verbringen mußte. Als die Frau zu einem besseren Leben entschlafen war, packte das Feuer auch das Grogonzsche Wohnhaus und ließ von ihm nur einen Haufen Asche übrig.

Das war der Brandkasse zuviel. Sie schickte einen Inspektor, den Grogonz zu befragen. Der vernahm ihn erst an Ort und Stelle, dann im Krug bei einem Gläschen Kadikschnaps, schließlich fuhren sie ins Kirchdorf, wo der Grogonz Auge in Auge mit dem Gekreuzigten über die Sache sprechen sollte. Er sagte immer das gleiche. Wie er mit seiner Frau einen langen Tag auf der Heuwiese gewendet und gestakt hatte. Gegen Abend sei ein Gewitter aufgezogen. Schon nach den ersten Schlägen hätte er Flammen gesehen, die aus dem Dach seines Wohnhauses züngelten.

Das genügte der Brandkasse nicht. Sie ließ den Grogonz vor Gericht laden und schwören, kein Feuer gelegt zu haben. Als Grogonz die Heilige Schrift sah und den Herrn im schwarzen Talar, fing er an zu lachen. Besser du schwörst, du hast gelernt, sagte er zu dem Richter.

Ja, die ostpreußischen Feuersbrünste hatten es in sich. Zwischen den Weltkriegen wurde das Brennen zur ansteckenden Krankheit, so daß Regierungspräsident und Brandkasse an die Pfarrer schrieben und darum baten, gegen das Feuer zu predigen. Der masurische Pfarrer Haberkuk erfand ein neues Kapitelchen für die Bergpredigt, Matthäus 5, Vers 49: Wer Feuer legt, wird darin umkommen.

Als das Telefon erfunden wurde, boten die Telefongesellschaften den masurischen Bauern an, ihre Häuser mit Fernsprechanschluß zu versehen, um den Blitzen den Weg zu verlegen. Es hatte sich der Glaube verbreitet, Telefonmasten und ihre langen Drähte seien der geballten Ladung der Blitze hinderlich, offenbar leiteten sie das Feuer in die Erde, bevor es zur Wirkung kommen konnte. In Marggrabowa, so schrieb werbend eine Telefongesellschaft, habe nach Einführung einer Stadtfernsprechanlage kein Blitz mehr in das Anwesen eines Bürgers eingeschlagen. Der Grogonz hätte wohl gern ein Telefon als Blitzableiter einbauen lassen, befürchtete aber anderes Ungemach. Es war ihm nicht recht, daß ihn jedermann zu jeder Tages- und Nachtzeit anrufen konnte. So gestört zu werden kam ihm schlimmer vor, als mit dem feurigen Element zu kämpfen.

Bekannt ist auch, wie der Grogonz mit einem Versicherungsvertreter verhandelte, der ihm eine Hagelversicherung verkaufen wollte. Der behauptete, eine Versicherung gegen Feuer allein reiche nicht, es müsse auch dringend etwas gegen den Hagel getan werden. Bevor Grogonz unterschrieb, erbat er sich Aufklärung. Wie Feuer geht, weiß ich, aber wie macht man Hagel?

Eine schlimme Geschichte trug sich zu in der Stadt Rastenburg, die eine gewisse Berühmtheit erlangte durch einen Dichter namens Holz, den es nach Berlin verschlug, einen Führer namens Hitler, der in der Nähe der Stadt seine Wolfsschanze herrichten ließ, und einen Mörder und Brandstifter namens Safran. Was den ersten betraf, so wußte man wenig von ihm. Über den zweiten brauchte kein Wort verloren zu werden, was der angerichtet hatte, wußte die ganze Welt. Vom dritten schrieben damals alle Zeitungen.

Dieser Safran heiratete eine junge Frau, mit der er ein schönes Leben zu führen gedachte, doch fehlte es ihm am nötigen Kleingeld. Da kam ihm der Gedanke, sein kostbares Leben mit einer hohen Summe zu versichern. Er lockte einen fremden Pracher mit dem Versprechen auf einen Teller Suppe in sein Haus. Kaum hatte der Bettler die Suppe ausgelöffelt, schlug ihn der Safran tot, zog ihn aus, steckte ihn in die eigenen Kleider, schleppte ihn in die Wohnstube, zündete mitten in der Nacht sein Haus an und fuhr, während der tote Pracher brannte, mit dem letzten Zug ins Reich. Als Safrans junge Frau am nächsten Morgen aus Königsberg, wo sie zu tun gehabt hatte, eintraf, fand sie nur rauchende Trümmer und ihren Gatten verkohlt an der Stelle liegen, wo einst die gute Stube gewesen war. Weinend lief die hübsche Frau, die so früh Witwe geworden war, durch die Stadt und klagte um den verstorbenen Safran. Sie richtete eine stattliche Beerdigung aus, wartete anstandshalber noch ein paar Wochen, bevor sie wegen des Feuers an die Brandkasse schrieb, außerdem an jene Versicherung, die das Leben des Gatten gegen eine hohe Summe in Obhut genommen hatte. Die Versicherungen, die schon damals lieber Geld einnahmen als auszahlten, schickten einen Inspektor nach Rastenburg, der den toten Pracher ausgraben ließ. Es fand sich nichts Sonderbares an ihm, nur eben diese Kleinigkeit: Der Leiche fehlten die Zähne. Die Rastenburger aber erinnerten sich, daß der Safran zu Lebzeiten ein Gebiß besessen hatte wie ein ausgewachsenes Pferd. Zum Schein schickte die Versicherung der Frau einen Vorschuß auf die hohe Summe. Darüber war sie so erfreut, daß sie eine Reise zu unternehmen gedachte. Hübsch gekleidet und gar nicht mehr in Trauer fuhr sie ins Reich, stieg ab im Hotel einer sächsischen Stadt, traf dort, wie es der Zufall will, den toten Safran und feierte mit ihm und den übrigen Hotelgästen, die das Paar erst hochleben und dann einsperren ließen.

Die Geschichte vom Safran, seiner hübschen Frau und dem toten Pracher bewegte ganz Deutschland. In den Etablissements sangen sie Couplets, deren Verse sich auf Safran reimten. Es hieß, die Ufa werde einen Film über ihn und sein Liebchen drehen. Sicher hat er übertrieben, indem er zugleich brannte und mordete. Aber berühmt ist er geworden. Sein Name wird noch in den Büchern stehen, wenn keiner mehr an den Grogonz denkt, der nur dem Blitz nachzuhelfen wußte und keine Ahnung hatte, wie man Hagel macht. So ungerecht ist die Welt. Den Schlächtern und Mördern wie dem Safran und jenem anderen aus der Nähe Rastenburgs gibt sie ein ewiges Gedächtnis. Über die spricht sie noch in Jahrhunderten und schreibt ihnen dicke Bücher, aber die rechtschaffenen Menschen geraten in Vergessenheit.

Nach 33 ließ das Brennen nach, weil die Braunen die Todesstrafe ausgeschrieben hatten. Sie wollten allein Feuer legen. Was ging da nicht alles in Flammen auf. Auch die Rote Armee liebte das Feuer. Sie wird zum letzten Mal, aber endgültig und ohne die Brandkasse zu fragen, das Gehöft des Grogonz eingeäschert haben. Aber das ist eine andere Geschichte.

Annas Gewerbe

Mittags lief die Meldung über die Radiosender, abends in den Nachrichten des Fernsehens erschien ihr schwarzumrandetes Bild: Anna Korupa war gestorben.

Am nächsten Morgen formierten sich die ersten Demonstrationszüge, verstopften die Rheinbrücken und brachten jeglichen Verkehr zum Erliegen. Die Krefelder Textilarbeiterinnen legten spontan die Arbeit nieder, verharrten stumm in zwanzig Schweigeminuten. Vor dem Frauenministerium kam es zu einem Menschenauflauf. Mit beschrifteten Handtüchern und Bettlaken gingen die Frauen der Republik auf die Straße, skandierten das Lied der Frauenbewegung und demolierten im Vorbeigehen die Straßenschilder männlicher Größen. Aus der Goetheallee machten sie Vulpiusstraße, den Lessingdamm überschrieben sie mit Minnaweg, den Lutherplatz verwandelten sie in ein Borarund, die Karl-Marx-Alleen waren schon in früheren Zeiten der wohlklingenden Rosa Luxemburg gewichen. Einem in Stein gehauenen männlichen Kurfürsten beschmierten die trauernden Frauen die Haarlocke mit roter Farbe. Gegen Abend empfing die Bürgermeisterin der Hauptstadt eine Abordnung demonstrierender Frauen. Sie versprach, einen repräsentativen Platz bereitzustellen, um ein würdiges Denkmal für die streitbare Anna zu errichten. Auch verkündete sie vom Balkon des Rathauses, daß der letzte männliche Strom Deutschlands endlich einen weiblichen Namen erhalten solle: die Rheine. Das h werde im Zuge der Rechtschreibreform auch noch gestrichen.

Über Annas Alter verlautete nichts. Die Frauenbewegung hatte es durchgesetzt, daß Jahreszahlen über weibliche Personen in öffentlichen Nachrichtensendungen tabu blieben. Aus den Nachrufen in den Zeitungen ließ sich jedoch versteckt entnehmen, daß Anna aus der dunklen Hälfte des Jahrhunderts kam, als Generäle und Kriegsherren den Ton angaben. Geboren wurde sie in Weibersbrunn. Ihre Mutter soll eine Schneiderin gewesen sein, die über Land wanderte und für Kost, Logis und ein paar Groschen die bäuerlichen Familien benähte. Von ihren ländlichen Ausflügen brachte sie ein Kind mit, eben Anna. Ein Vater wurde nicht erwähnt, er soll sich, wie es in jenen vorrevolutionären Zeiten üblich war, nach Verrichtung seines dürftigen Geschäfts davongestohlen haben.

Die Medien würdigten Annas Wirken in ihrer Zeit. Die Kommentatoren fanden den entscheidenden Punkt ihrer Karriere darin, daß Anna Korupa ein neues Gewerbe eingeführt und damit der Frauenbewegung eine bahnbrechende Richtung gegeben hatte.

Daß Menschen aus der ihnen von Gott gegebenen Eigenart, männlich oder weiblich zu sein, ein Geschäft zu machen verstehen, wußten schon die alten Babylonier. Aber nicht dieses Gewerbe brachte Anna zu neuer Blüte. Zum Erstaunen ihrer Umwelt arbeitete sie gänzlich körperlos, gebrauchte nur ihren Kopf, eine Schreibmaschine und einen Briefträger, der ihre Gedanken zustellte.

Die neue Art, mit dem Geschlecht gleichsam platonisch Geld zu verdienen, ist im Vergleich zum ältesten Gewerbe der Welt nur den Hauch einer Ewigkeit alt, genau gesagt, zwölfeinhalb Jahre. Die Neuerung lag in der Luft, wartete auf eine Persönlichkeit, die sie gestaltete. Und das war Anna Korupa.

Begonnen hatte es mit dem in den Verfassungen der Staaten niedergeschriebenen Grundsatz, daß die Geschlechter vor Gott und den Menschen gleich zu sein hätten. Was dieser Gleichheit im Wege stand, gehörte bestraft und verboten. Ein Mann, der eine bestimmte Frau zur Ehe wünschte, lief Gefahr, tausend andere, die er nicht nehmen konnte, gröblichst zu verletzen. Entschied er sich gar für einen Mann als Lebenspartner, diskriminierte er das ganze weibliche Geschlecht und mußte mit schwersten Sanktionen rechnen. Einem Bergsteiger, der den Himalaja zu erklettern gedachte und per Zeitungsanzeige einen männlichen Mitkletterer suchte, geschah es, daß er nach dem Abstieg nahe Katmandu in polizeilichen Gewahrsam genommen wurde, weil er die Weiblichkeit bei seinem Unternehmen diskriminierend ausgespart hatte. Laut Gesetz hätte er in der Anzeige einen Mitkletterer/Mitkletterin suchen müssen.

Auch Annas Karriere begann mit einer Anzeige, einem harmlosen Drei-Zeilen-Inserat im Wochenblatt. Ein Fuhrbetrieb suchte für seinen Lieferwagen einen Fahrer mit Führerschein Klasse 3. Anna ging hin, präsentierte ihren Führerschein und verlangte den Job. Der bestürzte Inhaber, männlich natürlich, betrachtete erst den Schein, dann die zierliche Person. Ach nein, meinte er, ich hatte eher an einen jungen Mann gedacht. Er führte Anna auf den Hof zu einem schmutzigen Lastwagen, zeigte ihr herumstehende Kohlen- und Zementsäcke, die seine Fahrer täglich tragen müßten, und glaubte, das sei Abschreckung genug. Anna hob einen der Säcke kurz an und warf ihn auf den Lieferwagen. Daran sollte es nicht liegen.

Nehmen Sie es mir nicht übel, junge Frau, sprach der Fuhrunternehmer. So etwas haben wir noch nie gemacht, das wollen wir gar nicht erst einführen.

Empört verließ Anna den Fuhrbetrieb. Als sie auf dem Heimweg das Namensschild einer Anwaltskanzlei sah, stürmte sie die Treppe hinauf, erzählte dem staunenden Advokaten, was vorgefallen war, und fragte nach der Gerechtigkeit.

Als Mann stand der Anwalt auf der anderen Seite, er hätte wohl, wäre er Fuhrunternehmer gewesen, nicht anders gehandelt, aber als Organ der Rechtspflege mußte er zunächst die Gerechtigkeit bedenken, und die war hier zweifellos zu Schaden gekommen. Nach Durchsicht der einschlägigen Rechtsprechung hielt er die Sache für nicht ganz aussichtslos und schickte dem Fuhrunternehmer eine Abmahnung. Der biedere Mann erfuhr, daß er das Persönlichkeitsrecht einer gewissen Anna Korupa verletzt habe, was nach den Paragraphen 823 und 847 des Bürgerlichen Gesetzbuches einen Anspruch auf Entschädigung in Geld begründe. Gegen Zahlung von tausend Mark und Übernahme der Anwaltskosten werde Frau Korupa von gerichtlichen Schritten absehen.

Der Mann zahlte. Der Anwalt bekam sein Honorar, Anna die tausend Mark, die es ihr erlaubten – damals lebte sie noch in bescheidenen Verhältnissen –, einen Monat lang ihren Unterhalt zu bestreiten.

Die Begegnung mit dem Fuhrmann war ein Erlebnis, das Anna prägte und ihren weiteren Lebensweg bestimmte. Sie erkannte die grenzenlosen Möglichkeiten, die das deutsche Recht der deutschen Frau eröffnet, und beschloß, die Diskriminierung der Frau zu ihrem Beruf zu machen. Jeden Samstag kaufte sie die Wochenendausgaben großer Zeitungen, studierte die Stellenanzeigen und schrieb eine Nacht lang Bewerbungen. Sie wählte Anzeigen, bei denen die Ablehnung gewiß war, bewarb sich als Portier eines Nachtlokals, als Brückenbauingenieur für Ghana und als Tankerkapitän im Golfkrieg. Kam wirklich mal eine Zusage mit dem Hinweis: Ja, wir stellen gern Frauen ein!, schickte Anna schnell einen Brief, sie habe sich nun doch anders entschieden und die Stelle einer Säuglingsschwester im Städtischen Krankenhaus angenommen. Es kam ihr nicht darauf an, eine Arbeit zu erhalten – das nächtelange Schreiben der Bewerbungsbriefe war ihr Arbeit genug –, sie wollte nur demonstrieren, wie ungerecht die Arbeitswelt mit dem weiblichen Geschlecht umgeht. Aus ihren Erfahrungen wollte sie eine Dokumentation erstellen und dem Parlament sowie dem höchsten deutschen Gericht, das sich ständig mit der Gleichheit zu befassen hatte, vorlegen.

Anna hatte stets ein Dutzend Bewerbungen laufen. Nur im Massengeschäft waren das nötige Material für die Dokumentation und jener Umsatz zu erzielen, aus dem sie ihren Lebensunterhalt bestritt. Anna mußte bei allem ideellen Einsatz für die Sache der Frau darauf achten, nicht den Hungertod zu sterben. Einnahmen, die über den angemessenen Lebensunterhalt hinausgingen, brachte sie in einen Fonds ein, aus dem Antidiskriminierungsprojekte gefördert wurden, etwa die Ausbildung junger Frauen zu Schornsteinfegern, Dachdeckern, Rennfahrern und Untertagearbeitern.

Anna schrieb an die Betreiber einer Ölplattform vor der norwegischen Küste und erhielt die Antwort, zum Deckschrubben und Supperühren habe man Personal genug, werde Anna aber auf die Warteliste setzen. Sie erwiderte, daß ihr an Deckschrubben und Supperühren nicht gelegen sei, sie wolle arbeiten, wo die Wellen gegen die Stahlträger klatschten, die Luft nach Öl stinke und die Männer das große Geld verdienten. Ihr Schadenersatzanspruch scheiterte, weil das deutsche Recht auf Ölplattformen keine Anwendung findet, durch die Auswanderung aufs Meer haben sich die internationalen Konzerne jeder Gesetzlichkeit entzogen, sie sind vogelfrei.

Reichlich Geld gab es von der Städtischen Oper. Anna hatte sich als Heldentenor beworben, wurde erwartungsgemäß abgelehnt und kassierte im Vergleichswege immerhin dreitausendfünfhundert Mark. Bei staatlichen Stellen verzeichnete sie ohnehin ihre größten Erfolge, weil diese Einrichtungen von Natur aus ein schlechtes Gewissen gegenüber Frauen haben. Beinahe wäre sie die erste Generalin des Atlantischen Bündnisses geworden oder hätte doch zumindest im Schadenersatzwege für ein halbes Jahr die Bezüge eines Divisionskommandeurs erhalten. Vor den Gerichten stand es auf Messers Schneide, ob die Armee einer Frau den Zugang zur Generalslaufbahn verwehren dürfe, nur weil sie eine Frau ist. Anna zog ihre Klage zurück, nachdem die vorsitzende Richterin – immerhin eine Frau! – ihr sagte, sie müsse, wenn sie diese Position anstrebe, auch zum Heldentod bereit sein. Gänzlich Schiffbruch erlitt sie bei dem Versuch, als Torpedokanonier auf einem U-Boot angestellt zu werden. Auch ihr Vergleichsangebot, doch wenigstens als Unterwasserfunkerin tätig werden zu dürfen, wurde nicht akzeptiert, nachdem das Gericht sich durch persönlichen Augenschein davon überzeugt hatte, daß es unmöglich sei, in dem beengten Raum eines Unterseebootes eine zusätzliche Damentoilette einzurichten.

Mit 48 Jahren bewarb sie sich im größten Bergwerk Westfalens für die Arbeit unter Tage, wurde abgelehnt und erstritt nicht nur eine Entschädigung in Höhe des Vierteljahreslohnes, sondern auch ihre Aufnahme in die knappschaftliche Renten-, Kranken- und Unfallversicherung, womit sie lebenslänglich sozial abgesichert war. Listig entzogen sich die politischen Parteien ihren Ansprüchen. Als Anna groß einsteigen wollte, sich als Generalsekretärin und Ministerin bewarb, führten die Parteien die Quotenregelung ein und blockten damit die Schadenersatzansprüche diskriminierter Frauen ab. Die Frage, ob die Quotenregelung nicht auch diskriminiert, weil den Frauen, die über der Quote liegen, der Zugang zu den begehrten Positionen verwehrt wird, ist höchstrichterlich noch nicht entschieden. Anna bereitete einen Musterprozeß vor, ihr früher Tod hat diese Arbeit unterbrochen. Gefahr droht dagegen von der anderen Seite. Aufgebrachte Männer wollen gerichtlich klären lassen, ob die Quotenregelung für Frauen nicht ihre, der Männer, Persönlichkeitsrechte verletzt.

Noch kurz vor ihrem Tode erstritt Anna von einem

bekannten Rennstall fünftausend Mark, weil der sich geweigert hatte, sie als Jockey einzustellen. Kein Glück hatte sie bei der katholischen Kirche mit ihrer Forderung, alternierend einen männlichen und einen weiblichen Papst zuzulassen. Der Pontifex berief sich auf göttliches Recht und entzog sich so der Zuständigkeit des Bundesarbeitsgerichts.

Die Nachrufe verschwiegen, daß Anna es zu einem gewissen Wohlstand gebracht hatte. Auch der Advokat, der ihre Anliegen vertrat und früher mehr schlecht als recht von Verkehrsunfällen gelebt hatte, erlangte mit seinen Abmahnungen eine gewisse Berühmtheit. Er trat, wenn Anna verhindert war, in Talk-Shows auf, saß in den Polstermöbeln von »Wetten daß ...« und wurde ehrenhalber als einziger Mann in die Frauenfraktion der Alternativen aufgenommen. Immerhin ist er in zwölfeinhalb Jahren reich geworden, hat auch, jedenfalls im Geiste, feminine Züge angenommen. Von seiner Frau ließ er sich scheiden, weil er allen Frauen dienen wollte und nicht nur der einen, demnächst wird er nach Casablanca reisen, um durch einen chirurgischen Eingriff noch weiblicher zu werden.

Im Gegensatz zum ältesten Gewerbe konnte Anna ihren Beruf auch im fortgeschrittenen Alter ausüben. Zuvor waren allerdings einige Rechtsfragen höchstrichterlich zu klären. So bewarb sie sich an ihrem sechzigsten Geburtstag bei einem Stahlwerk für eine Tätigkeit an der Walzanlage und erhielt den Bescheid, daß sie schon im Rentenalter sei und deshalb nicht eingestellt werden könne. Da sieht man es wieder, antwortete Anna. Einer Frau verweigern sie mit sechzig Jahren die Arbeit, während Männer noch bis zum fünfundsechzigsten schaffen dürfen.

Als Anna diesen Diskriminierungsprozeß gewonnen hatte, brachte die Regierung ein Gesetz ein, das für Männer und Frauen dasselbe Rentenalter von fünfundsechzig Jahren festlegt. Das nun war der Gipfel der Ungerechtigkeit. Anna wies nach, daß das Rentenalter Sechzig für Frauen ein Ausgleich ihrer rollenspezifischen Benachteiligung während des ganzen Lebens sei, eine Abschaffung der vorgezogenen Rente diskriminiere die Frauen aufs gröblichste. Sie rief das Verfassungsgericht an und obsiegte wie so oft. Was sie in die Hand nahm, geriet ihr zum Guten. Wäre sie nicht vorige Woche gestorben, hätte sie den Triumph erleben können, daß der Europäische Gerichtshof den weiblichen Papst einsetzt. Gestern entschieden die Richter und Richterinnen in Luxemburg, daß die Vatikanstadt durch und durch irdisch sei, einen Teil Europas darstelle und nicht göttlichem, sondern europäischem Recht unterliege.

Reichtum an die Armen von heute geben ist Unrecht gegenüber den Armen von morgen.

Der Handyträger

Wir hatten Harry verloren. Zu den Abiturtreffen der Ehemaligen erschien er nicht, aus den Telefonbüchern war er verschwunden; vermutlich lebte er gar nicht mehr in der Stadt, sondern am Paranafluß oder hinter dem Hindukusch. Jemand wollte ihn als herumreisenden Vertreter für Staubsauger und afghanische Teppiche gesehen haben. Es hieß auch, Harry habe sein Glück als Finanzjongleur versucht, dabei die segensreiche Einrichtung des Telefons ausgiebig nutzend. Schon in jungen Jahren liebte er das Telefon. Auf unserem gemeinsamen Schulweg rannte er in jede Telefonzelle, riß den Hörer von der Gabel und schrie markige Worte in die Sprechmuschel. In einer Chemiestunde erfand er das Pulver zum zweiten Mal, was zur Folge hatte, daß wir alle mit rußgeschwärzten Gesichtern nach Hause gehen mußten. Den strengen Verweis unseres Chemielehrers beantwortete Harry damit, daß er eine Woche lang nachts um halb eins bei ihm anrief und ein Band ablaufen ließ, auf dem die knatternden Böller und Raketen eines Sylvesterfeuerwerks zu hören waren.

Eines Morgens traf ich Harry. Ein belebter Spazierweg im Park. An eine Eiche gelehnt stand ein Mann, die Beine übereinandergeschlagen, die bunte Krawatte gelockert, das Haar im Stil der Neuzeit kurz aufgerichtet. Er telefonierte. Ich schlich ein paarmal um die Eiche, weil ich nicht sicher war, wirklich Harry vor mir zu haben. Dann hörte ich seine aufgeregte Stimme, die über brasilianische Kaffeepreise und Kautschukplantagen sprach. Kein Zweifel, das war Harry.

Er erkannte mich, winkte, sagte ins Telefon, daß er in diesem Moment einen alten Schulfreund getroffen habe. In einer Stunde wollte er sich wieder melden.

In Honolulu ist gerade ein heftiger Regenguß niedergegangen, begrüßte mich Harry. Die Strandbummler von Waikiki mußten in die Hotels flüchten, aber in einer halben Stunde wird wieder die Sonne scheinen. So ist das Wetter in Honolulu.

Harry Kleinschmidt, wie bist du groß geworden! Stehst in unserem kleinen Stadtpark und telefonierst mit Honolulu.

Warum muß es im Park sein? fragte ich ihn und zeigte auf das Handy.

In der frischen Luft macht telefonieren den größten Spaß, lachte er. Außerdem ist es gesünder.

Wir setzten uns auf eine Bank. Harry streichelte das kleine Gerät liebevoll, legte es zwischen uns, verlor es aber nicht aus den Augen. Anscheinend wartete er auf einen Anruf.

Hast du eben wirklich mit Honolulu telefoniert?

Er schlug mir auf die Schulter. Ist es nicht großartig, jederzeit zu wissen, wie das Wetter auf der anderen Seite der Erde ist? In Honolulu sind in diesem Augenblick sechsundzwanzig Grad Celsius.

Mit Honolulu kannst du auch von deinem Bett aus telefonieren, da brauchst du nicht in den Park zu laufen, bemerkte ich.

Harry winkte ab. Das habe seine bestimmten Gründe. Telefonausflüge in den Stadtpark seien nötig, um das neue Kommunikationsmittel in der Öffentlichkeit darzustellen. Er arbeite jetzt in der Mobilfunkbranche. Es sei wichtig, von potentiellen Kunden beim Telefonieren gesehen zu werden. Jedermann, der in U-Bahnen und Bussen sein Handy aus der Tasche ziehe oder im rasenden ICE zum Telefon greife, um zu Hause ein bestimmtes Mittagessen zu bestellen, sei ein Werbeträger der großen Mobilfunkzukunft. Harry verriet mir, daß die Branche bezahlte Agenten ausschickte, die weiter nichts zu tun hätten, als in der Öffentlichkeit zu telefonieren. Sie reihten sich in die Schlangen vor den Fahrkartenschaltern ein, um dort zur Freude aller Umstehenden Ferngespräche zu führen, z. B. mit Honolulu. In überfüllten Fußballstadien säßen sie auf der Bank, telefonierten mit anderen Schauplätzen, um Zwischenergebnisse zu erfahren. An Karnevalsumzügen und kirchlichen Prozessionen nähmen bezahlte Handyträger teil, um die Idee des neuen Kommunikationsmittels zu verbreiten. Sogar zu Beerdigungen würden sie geschickt, wenn dort mit größeren Menschenansammlungen zu rechnen sei. Dabei habe es kürzlich einen bedauerlichen Zwischenfall gegeben. Ein übereifriger Handyträger sei so nahe an die Grube getreten, daß das Gerät plötzlich in die Tiefe stürzte und dort, neben dem Sarg liegend, noch ein paar Wochen piepte. Auf einem Friedhof im Weserbergland habe er es erlebt, daß ein Pfarrer, bevor er seines Amtes waltete, an die Trauergemeinde die Aufforderung richtete, alle Handys abzuschalten. Seminare, Kongresse, Messen und die Großveranstaltungen der

Parteien würden regelmäßig mit Handyträgern bestückt, erklärte Harry. Allerdings dürfe bei diesen Aktionen nicht übertrieben werden. Ein Zahnärztekongreß sei mit einem Dutzend Handyträgern ausgestattet worden, die während eines Vortrages über das Thema »Amalgamfüllungen gestern und heute« so eifrig telefonierten, daß der Vortragende abbrechen mußte und den Saal räumen ließ. Solche Vorfälle seien kontraproduktiv. Es komme übrigens bei der Tätigkeit der Handyträger nicht auf den Inhalt der Gespräche an. Im Grunde seien überhaupt keine Gespräche erforderlich, es genüge, wenn in der Öffentlichkeit der Eindruck entstehe, der Handyträger telefoniere mit Honolulu.

Harry hatte dieses Stadium längst durchlaufen, befand sich bereits auf einer höheren Stufe und hatte eine eigene Firma gegründet. Diskret schob er mir seine Karte zu. »Harrys Rent a Handy« las ich. Gesellschaft mit beschränkter Haftung. Diverse Telefon- und Faxnummern standen auf der Karte; das Büro lag in der Kaiserallee. Auf der Rückseite stand:

> »Wir verleihen deutschlandweit Mobiltelefone, tage- oder wochenweise. Auslieferung per Overnightkurier. Ob Fuhrpark, Messe oder Veranstaltung, ›Harrys Rent a Handy‹ ist Ihr Partner!«

In diesem Augenblick piepte es. Harry nahm das Gerät ans Ohr und hörte, daß in Timbuktu mörderische 42 Grad herrschten, in der Sonne, versteht sich, denn Schatten gebe es dort ohnehin nicht.

Großartig, jederzeit zu wissen, wie heiß es in Timbuktu ist!

Handys sind die Zukunft, schwärmte Harry. In Deutschland gebe es schon drei Millionen Geräte, bis zur Jahrtausendwende sollen es zehn Millionen sein, ein Markt ohne Grenzen. Und »Harrys Rent a Handy« wolle bei diesem Geschäft dabeisein. Wie eine Lawine wird es sich ausbreiten, denn jeder, der sein Gerät in der Öffentlichkeit benutzt, wird zur lebenden Litfaßsäule, die den Handygedanken verbreitet.

Wir müssen dahin kommen, daß Großeltern ihren Enkelkindern zu Weihnachten ein Handy schenken, dann haben wir unser Ziel erreicht.

Harry berauschte sich an dem Gefühl grenzenloser Freiheit. Auf Schritt und Tritt mit der Welt verbunden sein. Zu wissen, ob in Honolulu die Sonne scheint und was das Thermometer in Timbuktu anzeigt.

Hast du auch ein Handy? fragte er plötzlich.

Ich schüttelte den Kopf und sagte, daß ich froh wäre, nicht überall angerufen werden zu können.

Er bedauerte mich von Herzen. Das Handy sei nur ein Angebot zur Kommunikation, keineswegs müsse man ständig anrufbereit sein. Wenn du mit deiner Frau schlafen willst, schaltest du den Pieper aus. Die weltweite Kommunikation ist freiwillig. Niemand muß telefonieren.

Harry fragte mich nach meiner Arbeit.

Als ich von Buchführung und Bilanzen anfing, schüttelte er traurig den Kopf. Das sei ein Beruf von vorgestern, außerdem eine Nummer zu klein für mich. Ich sollte auch in die Telefonbranche einsteigen, schlug er vor. Telefonieren – ein Geschäft ohne Grenzen. Sobald der deutsche Markt gesättigt ist – das wird dann der Fall sein, wenn es genauso viele Handys wie Automobile gibt –, wird sich der osteuropäische Markt öffnen. In den Weiten Rußlands sei ein Handy geradezu ein Muß; ein Pelztierjäger, der durch Sibirien streift, muß schließlich mit der Welt verbunden bleiben. Beginnen müßte ich allerdings wie jeder andere, der mit dem Telefon das große Geld verdienen will, als Handyträger, das sei gewissermaßen die Fronterfahrung, die jeder in dieses Geschäft einbringen müsse.

Harry verriet mir, daß gegenwärtig etwa zehntausend bezahlte Handyträger in Deutschland unterwegs seien. Sie übten einen durchaus ehrenwerten Beruf aus, weit entfernt vom schlechten Ansehen der Klinkenputzer in Teppichen und Staubsaugern. Ein Handyträger hat es nicht nötig, an Haustüren zu klopfen, er braucht keine überredenden Gespräche zu führen, keine Anträge auszufüllen, er muß nur da sein, freundlich durch Menschenansammlungen spazieren, hier und da ein kurzes Telefongespräch führen. Das ist alles. Ein gepflegtes Äußeres ist natürlich Bedingung, denn der Handyträger muß auch als Mensch für die Kommunikationsidee werben. Deshalb wurde auch der Vorschlag, das fahrende Volk, die Berber, Bettler und Straßenmusikanten, die ja ständig in der Öffentlichkeit auftreten, mit einem Handy auszustatten, von der Mobilfunkbranche verworfen. Wenn die, die unter Brücken schlafen, mit dem Handy kommunizieren, wäre das hochgradig geschäftsschädigend.

Um mir den Beruf näherzubringen, erzählte Harry heitere Anekdoten aus seiner Handyträgerzeit. Vor einem Jahr hatte er eine Aktion gestartet, um das Handy auch bei der Landbevölkerung populär zu machen. Mitten in der Erntezeit stellte er sich an einen Feldrain und telefonierte. Ein Bauer sprang von seinem Traktor, kam besorgt angelaufen und fragte: Hast du einen an der Backe?

Auf dem Land sei das Handygeschäft noch etwas schwierig, meinte Harry, hielt die ländliche Rückständigkeit aber für ein gutes Zeichen. Die Landbevölkerung sei seine strategische Reserve, sagte er. Wenn die Städte mit Handys erschlossen seien, werde er sich in einem zweiten Schritt dem Lande zuwenden.

Natürlich muß ein Handyträger seine Einsatzorte geschickt auswählen. Gewisse Plätze sind out of bounds. In ein Bordell sollte man Handys überhaupt nicht mitnehmen, auch Demonstrationen sind nicht der richtige Platz für einen Handyträger. Die Demonstranten vermuten, daß du ein Polizeispitzel bist, und schlagen dir eins auf die Mütze. Völlig unnötig sind Handys auf einsamen Waldspaziergängen. Auch zu FKK-Stränden sollte man das Gerät nicht mitnehmen. Nackter Mann mit Handy ist nur eine Lachnummer. In Süddeutschland ist kürzlich ein Handyträger, während er versonnen telefonierte, mit dem Kopf gegen einen Lichtmast gelaufen. Ein Unfallwagen mußte ihn ins Krankenhaus bringen. Solche geschäftsschädigenden Pannen darf sich ein pflichtbewußter Handyträger natürlich nicht erlauben.

Wir spazierten gemeinsam zur Kaiserallee. Unterwegs piepte es zweimal. Auf halbem Wege stellte Harry sich unter die Wartenden an einer Straßenbahnhaltestelle und bestellte per Handy einen Tisch für uns im Fernsehturmrestaurant hoch über der Stadt. Er lud mich ein, sein Büro zu besichtigen. Ich erwartete einen Glaspalast und erschrak, als Harry mich in eine kleine Bude führte, an deren Wänden Fotos jener Stationen hingen, mit denen er gern telefonierte: Waikiki und die Wüstenstadt Timbuktu.

Hast du keine Sekretärin?

Die neue Kommunikationstechnik macht Büropersonal überflüssig, behauptete Harry. Jeder kann von einem beliebigen Ort aus seine Arbeit erledigen, meine Sekretärin befindet sich gerade in ihrem Badezimmer und richtet das Make-up her.

Er drückte einen Knopf seines Handys. Die Sekretärin meldete sich. Harry sagte ihr, daß er soeben einen alten Schulfreund als Handyträger angeworben habe und mit ihm für ein Stündchen ins Fernsehrestaurant gehen werde.

Vorher zeigte er mir seine Asservatenkammer mit den verschiedenen Modellen. Modisch, handlich, für jeden Geschmack etwas, auch für das kleine Täschchen der Damen. Den Mietpreis gab Harry mit vier Mark pro Tag an, für mehrere Geräte gewährte er Mengenrabatt.

In einer Ecke lagen die toten Geräte, Placebos, wie Harry sie nannte. Sie sahen nur aus wie Handys, hatten aber keinen Inhalt.

Es gibt Kunden, erklärte er mir, die sich ein Handy nicht leisten können, aber sich mit einem Placebo-Handy schmücken wollen. Sie sitzen im Auto, halten das Gerät ans Ohr, sprechen lebhaft, lachen auch und erwecken den Eindruck unerhörter Geschäftigkeit. Placebos sind die Vorstufe der richtigen Telefone. So wie Kinder mit Zinnsoldaten spielen und nachher richtige

Soldaten werden, spielen die potentiellen Handykunden von morgen heute schon mit Placebos.

Harry erzählte mir von dem Reisenden, dem er ein Gerät für eine Woche vermietet hatte. Er brachte es nicht zurück. Als Harry hinfuhr, um es abzuholen, erfuhr er, daß der Mann tödlich verunglückt sei. Und wo steckte das Handy? Sie führten Harry zu dem schrottreifen Auto. Er hielt das Ohr ans demolierte Blech und hörte, wie es tief unten zwischen Motorblock und Fahrwerk piepte. So unverwüstlich sind unsere Handys!

Hoch über der Stadt saß ich neben Harry. Für fünf Minuten schaltete er sein Gerät ab, damit wir die Suppe in Ruhe genießen konnten. Während ich löffelte, erzählte er von seiner Liebe zum Telefon, die sich schon in frühester Kindheit gezeigt habe. Sein Jugendtraum sei es gewesen, an einer großen Börse zu arbeiten, wo die Börsenmakler fünf Telefone gleichzeitig bedienen und ihre Zahlen und Kürzel in die Geräte schreien, nach New York, Tokio und Honolulu. Prompt piepte das Gerät und teilte Harry die letzten Börsenkurse mit.

Natürlich müßten noch viele Hindernisse und Vorurteile überwunden werden, um der weltweiten Kommunikation zum Durchbruch zu verhelfen. Harry beschwerte sich über einen Vorfall im Zubringerbus auf dem Flughafen Berlin-Tegel. Da an die dreißig Leute im Bus saßen, nahm Harry das Handy aus der Tasche und telefonierte mit seiner Sekretärin, die gerade in der Badewanne lag. Daraufhin meldete sich der Busfahrer übers Bordmikrofon: Schalten Sie bitte das Handy aus, sonst kann ich nicht starten!

Wenig Verständnis bringen auch die Versicherungen

für die völkerverbindende Idee des Handy auf. Neuerdings behaupten sie, ein Autofahrer, der während des Telefonierens einen Unfall verursache, habe selber schuld und müsse eine Kürzung seiner Versicherungsleistungen hinnehmen.

Der größte Werbecoup gelang Harry beim Brand des Düsseldorfer Flughafens. Er brachte eine Story in die Zeitungen unter der Überschrift »Handy als Lebensretter«.

Also, da war dieser furchtbare Brand in Düsseldorf. Undurchdringlicher Rauch in der Halle, in der VIP-Lounge sitzen mehrere Fluggäste. Als Feueralarm gegeben wird, verlassen sie fluchtartig den Raum. Die Angestellte schließt, pflichtbewußt, wie sie ist, den Raum von außen ab und bringt sich ebenfalls in Sicherheit. Vergessen wurde ein Fluggast, der sich gerade auf der Toilette der VIP-Lounge aufhielt. Nach einer Weile kommt er heraus und findet sich allein. Die Tür ist verschlossen, draußen wallen die Rauchschwaden. Er versucht, mit Fußtritten die Fenster einzuschlagen. Das mißlingt, denn aus Sicherheitsgründen haben sie kugelsicheres Stahlglas eingebaut. Schon riecht er den Rauch. Er reißt ein Taschentuch vor den Mund, schaut sich hilfesuchend um und entdeckt die Telefone. Drei Apparate stehen in der VIP-Lounge. Sie funktionieren nur mit Telefonkarte. Der Mann besitzt keine Telefonkarte. Da fällt ihm sein Handy ein. Doch weiß er vor Aufregung keine Nummer, die er anrufen könnte. Endlich fällt ihm sein Geschäftsfreund in Dresden ein, den er besuchen will. Er wählt Dresden.

Hör mal! schreit er in den Apparat. Der Düsseldorfer Flughafen brennt gerade, ich sitze in der VIP-Lounge und kann nicht raus. Sei bitte so nett und rufe die Polizei in Düsseldorf an.

Der aus Dresden ruft das Düsseldorfer Polizeipräsidium an, natürlich auch per Handy. Die Polizei informiert die Feuerwehr. Die schickt einen Stoßtrupp zur VIP-Lounge und befreit den Eingeschlossenen. Das lebensrettende Handy kommt ins Museum.

Harry lachte mich an. Denke bitte nicht, daß ich den Düsseldorfer Flughafen angezündet habe, aber dieses Feuer war eine Promotionveranstaltung erster Güte. Das »Handy als Lebensretter« hat zu einer spürbaren Umsatzbelebung geführt.

Nach dem Hauptgang schob Harry mir einen Vertragsentwurf über den Tisch. »Mobiler Handyträger« las ich im Kopf des Formulars.

Du brauchst nicht sofort zu unterschreiben, es genügt, wenn du mich morgen anrufst.

Beim Dessert – Harry hatte das Gerät wieder abgeschaltet, um in Ruhe Milchreis mit Himbeersaft zu genießen – verriet er mir ein Geheimnis.

Vor einem halben Jahr war er in der Kirche, ein Neffe feierte Kommunion. Versehentlich hatte er sein Handy nicht ausgeschaltet. Während die Gemeinde betete, piepte das Gerät. Harry hörte eine tiefe, väterliche Stimme: Endlich habe ich dich mal am Apparat, sagte sie.

Wer bist du? fragte Harry zurück.

Ich bin Gott, antwortete die Stimme.

Harry machte eine Pause und weidete sich an meinem Erstaunen.

Wie du siehst, benutzt auch Gott ein Handy, sagte er schließlich. Unser Siegeszug ist nicht mehr aufzuhalten.

Mona Lisa im Feuerofen

Am Morgen seines fünfundsiebzigsten Geburtstages rief Saita seinen Sekretär zu sich und eröffnete ihm, daß er geträumt habe, das kostbarste Gemälde der Welt zu besitzen. Im Traum habe er es in einem Palast im fernen Europa gesehen, wo es darauf warte, nach Jokohama verschifft zu werden. Saita stattete den Sekretär mit den nötigen Vollmachten, Bankbürgschaften und Reiseschecks aus und schickte ihn noch am selben Tage zum Flughafen, damit er das kostbarste Gemälde der Welt hole. Da er, was die finanziellen Dinge anging, ein vorsichtiger Mensch war und mit jedem Cent rechnete, gab er dem Sekretär ein Limit: Fünfhundert Millionen Dollar durfte er für das Gemälde ausgeben. Gelänge es, das Werk für einen geringeren Betrag zu erwerben, werde er ihn am Profit beteiligen.

Der Sekretär hatte während seiner langen Dienstzeit für Saita schon die sonderbarsten Aufträge erledigt, den Nachbau der Golden Gate im Park von Kioto arrangiert, den Turm von Pisa um einiges schiefer als im Original neben die Terrasse seines Herrn gestellt, ihm die Blaue Mauritius zum 70. Geburtstag erstanden und den Original-Big Ben gegen eine Kopie vertauscht und nach Tokio geholt, ohne daß Fleet Street von dieser Transaktion erfuhr. Da es an Geld nicht fehlte – Saita galt bei Banken und Finanzministern als reichster Mann der Welt, um einiges wohlhabender als die Königin der Niederlande –, bereitete die Erfüllung dieser Aufträge keinerlei Mühe. Die neue Mission machte ihm jedoch gewisse Sorgen, denn das bedeutendste Gemälde der Welt ist, wie sich jeder denken kann, nicht nur ein materieller Wert, ihm haftet auch etwas Unbezahlbares an. Schließlich: Wer sagte ihm, welches das bedeutendste Gemälde der Welt ist? Es war gerade so, als hätte ihn sein Herr beauftragt, die schönste Frau der Welt zu beschaffen. Auch dafür gab es keine verläßlichen Börsenkurse.

Im Flugzeug studierte er die Kataloge von Florenz, Madrid, Paris, München, Amsterdam, London und entschied, zunächst dem Vatikan einen Besuch abzustatten. Es dünkte ihm naheliegend, das bedeutendste Gemälde der Welt im bedeutendsten Dom der Christenheit zu suchen. Da er wußte, daß auch der Heilige Stuhl von ständiger Geldnot geplagt wurde, dachte er, das Kunstwerk für vierhundert Millionen Dollar zuzüglich Transportkosten erwerben zu können. Die purpurgekleideten Kardinäle, bis zu denen er vordrang, schlugen dagegen vor, die vierhundert Millionen den Hungernden der Welt zu spenden. Dafür werde die Heilige Kirche eine vollendete Kopie des bedeutendsten Gemäldes kostenlos nach Tokio überstellen und seinem Herrn eine Messe lesen.

Der Sekretär konnte nur mit Mühe seinen Zorn unterdrücken, zwang sich aber zu der höflichen Bemerkung, er werde nachdenken. Tatsächlich eilte er, ohne nach weiteren Gemälden zu fragen – die Uffizien von Florenz überflog er in achttausend Meter Höhe –, unverzüglich nach Paris.

Auf den Champs-Elysées flanierend, fragte er eine junge Frau nach dem bedeutendsten Gemälde.

Sie lachte ihn an und erklärte, es hänge bei ihr in der Küche und zeige ihren Geliebten, dessen Rückkehr von einer längeren Reise sie stündlich erwarte, in Matrosenuniform.

Der Sekretär fragte nach dem Preis.

Es kostet nichts, antwortete die Frau. Sie habe es selbst gemalt und dafür keinen Franc bezahlt.

Eine Marktfrau, die er an den Quais ansprach, hielt die Jungfrau mit dem Kinde aus der Kirche La Madeleine für das bedeutendste Gemälde. Es könne aber auch der Gekreuzigte selber sein. Ein Veteran der großen Kriege entschied sich für ein Gemälde, das den Imperator zeigte, wie er zu Pferde auf einem Hügel vor Austerlitz die Schlacht lenkte.

Vor einem großen Gebäude traf er eine Menschenmenge, vorwiegend Japaner und amerikanische Staatsbürger. Als er hörte, daß sie darauf warteten, das bedeutendste Gemälde der Welt zu sehen, stellte er sich mit in die Reihe. Nach mehrstündigem Warten wurden sie vor ein unscheinbares Gemälde geführt, das eine Frau zeigte mit plumpen Händen und langem dunklen Haar, das über einen kräftigen muskulösen Oberkörper fiel. Der Sekretär hatte erwartet, auf dem bedeutendsten Gemälde der Welt ein gigantisches Bergmassiv, Meereswogen, Schlachtschiffe oder feuerspeiende Vulkane dargestellt zu finden, doch nun sah er eine schlichte Frau, grob im Körperbau, weit entfernt von der zierlichen Anmut der Geishas in den Teestuben von Jokohama.

Was mag das Bild kosten? fragte der Sekretär einen

Farmer aus Iowa. Der kannte sich in den Preisen solcher Frauengestalten nicht aus und erklärte, daß er die Person für fünfundzwanzig Dollar nach Sioux City mitnehmen und in seiner Garage aufhängen würde.

Der Sekretär suchte den Museumsdirektor auf und erklärte ihm, sein Herr, der reichste Mann der Welt, habe ihn ausgeschickt, das bedeutendste Gemälde der Welt zu erwerben.

Der Direktor lachte. Solche Besucher seien ihm allemal lieber als jene Verwirrten, die die unschätzbaren Bilder mit Messern oder Säureflaschen attackierten. Natürlich sei die Mona Lisa nicht verkäuflich, sie sei im Grunde unbezahlbar, aber es erfülle ihn doch mit Genugtuung, daß ein Mensch auf der anderen Seite des Erdballs bereit sei, ein Vermögen für sie auszugeben.

Der Sekretär dachte, der Museumsdirektor sei in die Frauensperson verliebt, denn er wußte keinen anderen Grund, warum jemand einen Gegenstand für unbezahlbar hielt.

Wem gehört das Bild? fragte er.

Er hörte den Museumsdirektor etwas von der Grande Nation murmeln, auch fiel das Wort Nationalheiligtum, doch keine Zahlen, weder in Dollar noch in Franc, kamen über seine Lippen.

Der Sekretär glaubte, sich näher über die Motive seines Herrn erklären zu müssen. Er sagte, daß es doch vernünftig sei, wenn der reichste Mann der Welt das teuerste Gemälde der Welt begehre. Wer sonst, wenn nicht sein Herr, könne sich ein solches Kunstwerk leisten. Beiläufig erwähnte er, ermächtigt zu sein, bis zu vierhundertfünfzig Millionen Dollar auszugeben.

Als der Museumsdirektor die Zahl hörte, erschrak er, lupfte sein Schnupftuch aus der Tasche und wischte vorsichtig über die Stirn. Wieder erwähnte er, nun schon etwas leiser, die Grande Nation, die er für groß genug hielt, dieses Kunstwerk nicht für schäbige vierhundertfünfzig Millionen Dollar herzugeben. Das wäre so, als müßte Jeanne d'Arc ein zweites Mal auf dem Scheiterhaufen brennen oder Notre-Dame an Hollywood verkauft werden.

Nach einigem Nachdenken fragte er vorsichtig, ob es vielleicht ein Renoir sein dürfe oder ein van Gogh? Letzterer habe so viele herrliche Sonnenblumen gemalt, da könne man wohl einige entbehren. Für die genannte Summe bekäme der reichste Mann der Welt vielleicht sogar zwei Sonnenblumen.

Der Sekretär blickte ihn irritiert an. Er verstehe die Situation nicht. Sein Herr wolle das bedeutendste Gemälde der Welt, Sonnenblumen und van Goghs abgeschnittene Ohren interessierten ihn nicht im geringsten.

Sie tauschten ihre Visitenkarten. Der Museumsdirektor erklärte, er müsse den Fall dem Präsidenten der Republik vortragen, und der Sekretär versprach, übermorgen wieder nachzufragen. Übrigens, ließ er bei der Verabschiedung einfließen, sei sein Herr bereit, bis zu einer halben Milliarde Dollar für das bedeutendste Gemälde der Welt auszugeben.

Am selben Abend nahm der Museumsdirektor an einem Festbankett teil, das die Regierung den armen Künstlern der Stadt gab. Er kam neben dem Finanzminister zu sitzen und erzählte ihm nach der Suppe von jenem sonderbaren Japaner, der um die Hand der Mona

Lisa angehalten hatte. Früher seien es die verrückten Amerikaner gewesen, die mit ihrem Reichtum die Schätze der Alten Welt aufzukaufen suchten, nun komme das schäbige Geld aus dem Fernen Osten, und das arme Europa müsse sich seiner Zudringlichkeit erwehren.

Der Minister fragte nach der Summe.

Als der Museumsdirektor die Zahl nannte, legte er den Schöpflöffel kurz zur Seite; jeder konnte bemerken, daß er angestrengt rechnete.

Sind Sie sicher, daß er Dollar sagte und nicht Yen?

Aber gewiß, er sprach von einer halben Milliarde amerikanischer Dollar.

Das wären an die fünf Milliarden Francs, stellte der Finanzminister fest, eine Summe, mit der wir mühelos unsere Sozialversicherung sanieren könnten.

Der Kultusminister gegenüber war aufmerksam geworden und fragte, ob sein Ressort betroffen sei.

Ein Japaner will unsere Mona Lisa für fünfhundert Millionen Dollar kaufen, erklärte der Finanzminister. Unbegreiflicherweise hat unser Franc zur Zeit einen leichten Schwächeanfall, während der amerikanische Dollar im Steigen begriffen ist. Diese Konstellation macht das Geschäft besonders interessant.

Der Kultusminister sprang auf und warf demonstrativ ein Rotweinglas um, so daß es aussah, als fließe Blut über das weiße Tuch.

Nur über meine Leiche! rief er so laut, daß der Präsident aufmerksam wurde und einen Diener schickte, nach dem Grund der Unruhe zu fragen.

Der Museumsdirektor, ganz den ewigen Werten der

Kunst verpflichtet, rechnete vor, daß ein Verkauf des Gemäldes unwirtschaftlich sei. Jährlich kämen fünf Millionen Besucher, vornehmlich reiche Ausländer, um die Mona Lisa zu sehen. Jeder zahle dafür dreißig Francs, was sich auf einhundertfünfzig Millionen Francs summiere. Gebe man die Mona Lisa außer Landes, werde der Besucherstrom versiegen. Auf lange Sicht verliere die Nation durch den Verkauf mehr, als sie durch die Einnahme einer hohen Summe gewinne.

Dem hielt der Finanzminister entgegen, daß allein die Zinserträge der hohen Summe ausreichten, um die Verluste an Eintrittsgeld wettzumachen. Im übrigen berief er sich, was die Sanierung der Staatsfinanzen anging, auf sein Vorbild, den schon dreihundert Jahre toten Colbert. Von einem Gemälde, das im Louvre hänge, habe niemand etwas, kein Hungernder könne ein Stück davon abbeißen, aber mit fünfhundert Millionen sei dem Volk zu helfen. An einem Kunstwerk könne sich jedermann auch mittels einer guten Kopie erfreuen.

Ausgerechnet Tokio! ereiferte sich der Kultusminister. Diese Stadt in ständiger Erdbebengefahr. Beim nächsten Brand werde das Gemälde den Flammen zum Opfer fallen. In Paris sei die Mona Lisa sicher vor Wirbelstürmen, Erdstößen und Überschwemmungen, selbst die Hunnen hätten es im letzten Krieg verschont.

Der Wirtschaftsminister kam dem Finanzminister zu Hilfe und jammerte über die wachsende Verschuldung des Staates. Dabei sei die Grande Nation reich an Schlössern, Gemälden und antiken Scherben, nur liege der Reichtum nutzlos herum wie der Goldschatz der Bank von Frankreich. Warum nicht die große Kunst in klingende Münze verwandeln, um mit dem Erlös etwas Gutes anzurichten?

Die Franzosen werden Ihnen dankbar sein, wenn Sie sich von dem toten Kapital der Kunst trennen! rief er dem Kultusminister zu.

Der sprach von Barbarei, von fernöstlichen Horden und dem Ausverkauf des Abendlandes. Um von der Mona Lisa abzulenken, schlug er vor, den Arc de Triomphe nach Japan zu verkaufen. Gäbe man das Zeughaus und die Gebeine Napoleons drauf, müßte wohl auch eine Summe von fünfhundert Millionen Dollar zu erzielen sein.

Gegen solchen Frevel verwahrte sich entschieden der Verteidigungsminister. Der sprach, während die Orden an seiner Brust bebten, von Ruhm und Ehre und den Schlachten Frankreichs, die in dem Gemäuer verewigt seien, auch vergaß er die ewige Flamme nicht. Eine solche Taktlosigkeit gegenüber den Toten von Borodino bis Dien Bien Phu sei ihm noch nicht vorgekommen. Warum nicht auch das Beinhaus von Verdun meistbietend verkaufen? schlug er grimmig vor.

Als der Präsident Verdun hörte, zuckte er zusammen. Er ergriff nun das Wort, um zu erklären, daß die iberische Halbinsel das Zentrum der industriellen Welt hätte sein können, wenn die in Südamerika geraubten Schätze nicht in den Truhen der Herrscher und Kathedralen verschwunden wären. Dieses Kapital hätte sinnvoll in die Wirtschaft investiert werden müssen, dann hätte Spanien die Welt beherrscht.

Der Finanzminister fühlte sich durch das Präsidentenwort bestärkt und forderte sogleich eine neue Revolution.

Wieder sei das Kirchenvermögen zu konfiszieren, die Gold- und Silberschätze aus den Domen zu Sotheby's zu schaffen – die Gemälde natürlich auch –, um das tote Kapital zum Leben zu erwecken.

Mit matter werdender Stimme verteidigte der Kultusminister die ewigen Werte.

Ewige Werte! riefen Finanz-, Wirtschafts- und Verteidigungsminister wie aus einem Munde. Eines Tages wird alles untergehen, entweder im nächsten Atomkrieg, bei der Überschwemmung Europas durch das steigende Meer, spätestens beim unvermeidlichen Untergang der Welt. Dann sei es auch mit der Mona Lisa zu Ende.

Vor dem Dessert wurde die Sache entschieden. Es siegte das soziale Herz des Finanzministers über den anmaßenden Anspruch der Kunst. Der Präsident gab den Ausschlag, der Kultusminister trat zurück, blieb aber am Leben, der Verteidigungsminister äußerte Befriedigung, daß die ewige Flamme, die Trophäen des Zeughauses und die Gebeine von Verdun gerettet seien. Der Museumsdirektor bekreuzigte sich vor aller Augen, nahm keine Speisen mehr zu sich, trank aber unmäßig Wein. Vorzeitig verließ er die Tafel, um den Sekretär anzurufen. Zugleich erteilte er den Auftrag, eine originalgetreue Kopie des Gemäldes auf elektronischem Wege anzufertigen, und ordnete strikte Geheimhaltung an. Der Besucherstrom durfte nicht abreißen. Niemand sollte erfahren, daß das Original der Mona Lisa auf dem Wege nach Fernost sei. Kunstliebhaber, die bereit sind, ein ordinäres Stück Seife, einen Haufen Hundedreck oder beschmierte Badewannen zu bewundern, werden auch nicht abgeneigt sein, die perfekte Kopie des schönsten Gemäldes der Welt zu verehren. Damit auch Kunstkenner die Täuschung nicht entdeckten, ordnete der Museumsdirektor an, daß die Mona Lisa aus Sicherheitsgründen nur in gebührendem Abstand und geschützt von einer Wand kugelsicheren Glases betrachtet werden dürfe.

Der Umtausch erfolgte in finsterer Nacht. Sträflinge, die nach getaner Arbeit lebenslang nach Cayenne verbannt wurden, verpackten die echte Mona Lisa. Ein Lastauto, für den Transport von atomarem Fallout bestimmt, brachte die kostbare Fracht nach Le Havre, wo ein japanisches Containerschiff auf Reede wartete. Der Öffentlichkeit teilte die Regierung mit, der LKW habe atomare Brennstäbe zu dem japanischen Schiff gebracht. Die Umweltschützer protestierten wie gewohnt, sie belagerten den Hafen und wollten den vermeintlichen Atomfrachter nicht auslaufen lassen. Kanonenboote bereiteten der Mona Lisa den Weg, begleiteten den Frachter über die Ozeane der aufgehenden Sonne entgegen.

Die Zentralbanken der Welt registrierten einen durch die ökonomischen Daten nicht gerechtfertigten Kursanstieg des Franc und ein bedeutsames Wachsen der französischen Devisenreserven.

Als das Schiff nach sechzig Tagen vor Jokohama eintraf, erhob sich erneut ein Proteststurm der Atomgegner. Die Ausladung fand unter Polizeischutz statt, ein Panzer der japanischen Friedensstreitkräfte brachte die unscheinbare Kiste zu Saitas Anwesen am Fuß des heiligen Berges. Der reichste Mann der Welt saß beim Tee und hörte europäische Musik, als der Sekretär die Kiste ins Haus tragen ließ. Er schickte alle Arbeiter und Diener fort und fragte, ob Saita die Enthüllung selbst vornehmen wolle. Der ließ sich die Quittung der Bank von Frankreich über fünfhundert Millionen Dollar und die Spesenabrechnung zeigen, zog die Vorhänge zu, setzte sich im Halbdunkel auf den Boden und befahl die Öffnung der Kiste. Der Sekretär entfernte Holz und Eisendraht, legte Schicht um Schicht des Verpackungsmaterials frei, bis die purpurne Hülle sichtbar wurde, in die das Bild gekleidet war. Schließlich bat er seinen Herrn, den letzten Vorhang selbst beiseite zu ziehen.

Saita verneigte sich vor dem purpurnen Tuch, streichelte es mit seinen alten Händen, dann riß er es mit einer heftigen Bewegung zur Seite. Mona Lisa lächelte ihn an. Erschrocken wich er zurück, verneigte sich vor der Dame und stammelte einige Begrüßungsworte.

Es soll eine Frau sein, erklärte der Sekretär, aber Genaues weiß niemand. Der Maler ist vor vierhundert Jahren gestorben, man kann ihn nicht mehr befragen.

Wortlos standen sie sich gegenüber, der reichste Mann der Welt und das berühmteste Gemälde der Welt. Saitas Lippen bebten, die Dame lächelte. Ein so vielsagendes Lächeln. Was wollte sie damit ausdrücken? Lachte sie über den alten Mann, der eine halbe Milliarde Dollar, die Frachtkosten nicht gerechnet, für ein mit Farbe beschmiertes Stück Leinwand ausgegeben hatte? Als er sie näher betrachtete, entdeckte Saita asiatische Züge an der Frau. Nur die groben Hände irritierten ihn. Er erklärte dem Sekretär, daß er einen neuzeitlichen Maler beauftragen werde, sie etwas zierlicher zu gestalten. Der Sekretär gab zu bedenken, daß ein solcher Eingriff den

Wert des Gemäldes schmälern müsse, denn alle Welt kenne nun mal die Mona Lisa mit dicken, feisten Händen.

Was geht mich alle Welt an? rief Saita. Fünfhundert Millionen Dollar habe ich gezahlt und soll nicht das Recht besitzen, das Bild so zu gestalten, wie es mir gefällt?

Er plante auch, das Gemälde den übrigen Bürgern seines Landes zugänglich zu machen. Für ein paar Monate wollte er die Mona Lisa vor den Toren des Kaiserpalastes ausstellen mit dem stillen Nebengedanken, auf diese Weise einen Teil des Kaufpreises zurückzugewinnen, denn jeder Besucher sollte für das geheimnisvolle Lächeln zehn Dollar Eintritt entrichten. Wenn alle erwachsenen, nicht kranken oder gehbehinderten Einwohner des Kaiserreichs kämen, um einen Blick auf das kostbare Gemälde zu werfen, wäre der Kaufpreis beglichen.

Der Sekretär mußte ihm eröffnen, daß er eine Nebenabrede mit der Grande Nation getroffen habe, wonach das Geschäft unbedingt geheimzuhalten sei. Niemand dürfe erfahren, daß sich die echte Mona Lisa in Japan aufhalte, er könne sich nur privat und ohne öffentliche Anteilnahme seines Besitzes erfreuen.

So blieb das Gemälde in Saitas Schlafgemach, am Tag verhüllt, um es vor neugierigen Blicken und den Strahlen der Sonne zu schützen, nachts von Scheinwerfern in goldenes Licht getaucht, die Saita von seinem Lager ein- und ausschalten konnte. Stunde um Stunde saß er vor dem Bild, studierte diese Frau und sprach mit ihr. Er entdeckte, daß ihr Lächeln bei einem bestimmten Lichteinfall sinnlich wurde, wohingegen der Mondschein ihr ausgesprochen traurige Züge verlieh. Im Morgenlicht sah sie klug und streng aus, wenn die Abendsonne den Himmel färbte, verwandelte sie sich in ein Bild der Wollust. Die Landschaft im Hintergrund des Gemäldes erinnerte ihn an seine Kindertage, die er auf der Insel Kyuschu verlebt hatte. Reizvoll kontrastierte das smaragdgrüne Wasser seines Aquariums mit Mona Lisas Augen. Bei einer bestimmten Stellung der Mittagssonne zur Zeit der Tag-und-Nacht-Gleiche im September bekam Mona Lisa rötliches Haar.

Das Gemälde veränderte Saitas Lebensgewohnheiten. Er fuhr nicht mehr so oft in sein Büro im Wolkenkratzer der Stadt, sondern blieb, wenn immer es ging, bei seiner Mona Lisa. Er hielt sich gern in ihrer Nähe auf. Betrat er den Raum, in dem sie hing und lächelte, verneigte er sich tief, ebenso wenn er ihn verließ. Er sprach viel in ihrer Gegenwart, erzählte von seiner Jugend auf Kyuschu und seinen Frauen, auch offenbarte er ihr seine geheimsten Wünsche.

Eines Morgens rief er den Sekretär, um die letzten Dinge zu ordnen. Er spürte sein Alter und glaubte, es sei an der Zeit, sich vorzubereiten. Nachdem er das Wesentlichste zu Papier gebracht hatte, teilte er dem Sekretär mit, daß er und Mona Lisa beschlossen hätten, gemeinsam aus dem irdischen Leben zu scheiden. Mona Lisa wolle ihn begleiten. Er werde schriftlich verfügen, das Gemälde mit in seinen Sarg zu geben.

Der Sekretär erbleichte. Da die Bestattung nach schintoistischem Ritus, also mit Feuer, zu erfolgen hatte, sah er fünfhundert Millionen Dollar in Flammen aufgehen.

Die Mona Lisa ist ein Kunstwerk, das der ganzen Welt gehört, wagte er einzuwenden.

Saita schüttelte den Kopf. Er habe diese Frau für eine halbe Milliarde Dollar redlich erworben, sie gehöre ihm, und er könne beliebig über sie verfügen. Kein Gesetz hindere ihn daran, das Kunstwerk im Meer zu versenken oder ins Feuer zu geben. Für den Rest der Menschheit, die fünf Milliarden Kunstliebhaber, versprach er, eine Kopie anfertigen zu lassen, das Original aber müsse mit ihm aus der Welt scheiden.

Der Sekretär erwähnte, daß sich in Europa die bedeutenden Persönlichkeiten keineswegs verbrennen, sondern eingraben ließen. Feuerbestattung sei dort nur den Armen vorbehalten. Da er längst schon auf seiten der ewigen Werte war, hoffte er, seinen Herrn für den europäischen Brauch erwärmen zu können, um so das Gemälde zu retten. Er würde es präparieren und in Kunststoff einschweißen, so daß es wohl ein paar Jahrhunderte unbeschädigt neben Saita in der Erde überdauern könnte.

Sein Herr lehnte dieses Ansinnen ab. Nein, er wolle ein Ende finden wie die Väter, und seine Frau müsse mit ihm verbrennen. Es sei ihm auch ein Greuel, daran zu denken, wie nach seinem Tode Grabräuber kämen, um das Gemälde aus der Erde zu wühlen. Er habe wohl gelesen, wie die europäischen Grabräuber die ägyptischen Pharaonengräber geplündert hätten. Ein solches Schicksal wolle er sich und seiner Mona Lisa ersparen.

Vielleicht sollte man das Gemälde mit einer großen wohltätigen Geste dem Kaiserhaus oder dem japanischen Volke zum Geschenk machen, gab der Sekretär zu bedenken. Saita würde sich damit ein ewiges Gedächtnis machen. Eine Mona-Lisa-Saita-Stiftung könnte ins Leben gerufen werden, es sei mit der Errichtung von Denkmälern zu rechnen.

Doch der starrköpfige alte Mann beharrte darauf, daß dem Volk eine Kopie genügen sollte. Es sei auch ungehörig, die eigene Frau dem Kaiserhaus oder dem Volke anzubieten.

In seiner Verzweiflung wandte sich der Sekretär an einen Beamten des Wirtschaftsministeriums. Er fragte dezent an, ob die Regierung nicht ein Gesetz einbringen könne, das die Vernichtung von Kunstwerken zu privaten Zwecken verbiete.

Der Beamte äußerte Zweifel. Japan sei nun mal mit dem Kapitalismus groß und reich geworden. Tragende Säule des kapitalistischen Systems sei die freie Verfügbarkeit über das persönliche Eigentum. Es müsse erlaubt bleiben, sich mit Banknoten Zigarren anzuzünden, wertvollen Schmuck in einen feuerspeienden Berg zu werfen, antike Vasen zu zertrümmern und Gemälde, die einem nicht gefielen, zu verbrennen. So eben sei das kapitalistische System. Wolle man da Beschränkungen einführen, werde es zusammenbrechen und Japan in Armut versinken.

In seiner Not setzte sich der Sekretär mit dem Pariser Museumsdirektor in Verbindung und berichtete, welches Schicksal der Mona Lisa drohe. Der alarmierte das Verteidigungsministerium und forderte die Entsendung einiger Mirage-Flugzeuge, um Saitas Palast zu bombardieren. Auch das Erscheinen eines Flugzeugträgers in der Tokio Bay könnte hilfreich sein.

Auf den Einwand, das militärische Getöse werde Mona Lisa in Gefahr bringen, sann der Museumsdirektor auf diplomatische Auswege. Er rief ein Komitee ins Leben, das sich die Rettung bedeutender Kunstwerke zum Ziel setzte. In einem Manifest, das die Billigung der Vereinten Nationen und aller kulturliebenden Völker fand, wurde verfügt, daß die Kunstwerke Gemeinschaftseigentum der ganzen Menschheit und damit dem skrupellosen Egoismus des einzelnen entzogen seien. Eine französische Autofirma stiftete die erste Million für das Komitee, abgedankte Minister beteiligten sich mit symbolischen Franc-Münzen, von einem Schweizer Nummernkonto kamen hundert Millionen des Medellin-Kartells. Die Bank von Frankreich verkaufte diskret einige Goldbarren auf den internationalen Märkten und stiftete den Erlös dem Komitee zur Rettung bedrohter Kunstwerke. Auch die sizilianische Mafia zeigte sich mit ein paar Milliarden Lire erkenntlich. Der Heilige Stuhl begann einen neuen Ablaßhandel, um Mittel zur Rettung der Mona Lisa einzusammeln, allerdings mit dem Hintergedanken, das Gemälde nach der Rückkehr aus der fernöstlichen Diaspora neben die Sixtinische Madonna zu hängen.

Innerhalb eines halben Jahres kamen siebenhundertfünfzig Millionen Dollar zusammen. Damit reiste ein Beauftragter des Komitees nach Japan, der Sekretär arrangierte ein Zusammentreffen mit Saita, das in dessen Schlafzimmer vor den Augen der Mona Lisa stattfand. Im Beisein der Frau offerierte der Abgesandte Frankreichs dem reichsten Mann der Welt siebenhundertfünfzig Millionen Dollar für die Rückgabe des Gemäldes.

Er fügte hinzu, daß das Kunstwerk erst nach dem Tode Saitas lieferbar sei, bis dahin dürfe er sich der Mona Lisa erfreuen.

Der Sekretär erwähnte beiläufig, daß das immerhin ein Gewinn von fünfzig Prozent sei.

Saita blickte zu der lächelnden Frau, schien sich mit ihr zu verständigen. Dann schüttelte er sanft den Kopf.

Er lebe schon lange in einem Stadium, in dem ihm Geld nichts mehr bedeute, erklärte er. Siebenhundertfünfzig Millionen Dollar mehr oder weniger berührten ihn nicht sonderlich. Es gebe Dinge, die nicht mit Dollar bezahlbar seien, so diese Frau, die er mitnehmen werde in sein Leben nach dem Tode.

Der Abgesandte des europäischen Komitees brach in Tränen aus. Stumm verharrte er vor dem Gemälde. Ihm kam es vor, als habe auch Mona Lisa feuchte Augen. Jahre später schrieben die Zeitungen, er sei der letzte Europäer gewesen, der Mona Lisa, die wahre und einzige Mona Lisa, gesehen habe.

An seinem 80. Geburtstag hatte Saita seinen letzten großen Auftritt in der Öffentlichkeit. Danach zog er sich von seinen Geschäften zurück und lebte nur noch im Schlafgemach in ständigem Zwiegespräch mit der lächelnden Frau.

Wie eine Rettung in letzter Stunde kam der Kurssturz an der Tokioter Börse. Saita verlor die Hälfte seines Vermögens, blieb aber immer noch der reichste Mann der Welt, da die anderen Reichen ebenfalls die Hälfte verloren hatten. Als auch die Grundstückspreise in Tokio von den Wolkenkratzern in die Tiefgaragen stürzten, meldeten sich die Banken und forderten diskret weitere

Sicherheiten. Der Sekretär schlug vor, die Mona Lisa zu verpfänden. So wäre sie der Verfügungsgewalt Saitas entzogen und in den Händen der Banken, die zu den schlimmsten Grausamkeiten fähig sind, aber wohl niemals auf den Gedanken gekommen wären, eine Frau zu verbrennen.

Saita verkaufte die Villa am heiligen Berg. Er entäußerte sich jeden Schmucks, trennte sich von einer Goldader auf der Insel Tasmanien, gab ein Walfangmutterschiff, an dem er sehr hing, in Zahlung. Er liquidierte einige altchinesische Meister, ließ mehrere Ming-Vasen versteigern und kündigte der Hälfte seiner Dienerschaft. Nur der Mona Lisa hielt er die Treue. Als das Finanzamt ihm eine Steuernachforderung über mehrere Milliarden Yen ins Haus schickte, kürzte er die Gehälter seiner Angestellten und schaltete stundenweise den elektrischen Strom ab. Nur Mona Lisa blieb Tag und Nacht im Lichte milder Scheinwerfer.

An einem heißen Frühlingstag streckte ihn ein Schlaganfall nieder. Der Versuch des Sekretärs, noch in letzter Stunde eine Änderung des Testaments zu erreichen, scheiterte, weil Saita nicht mehr das Bewußtsein erlangte. So mußte sein letzter Wille vollzogen werden. Am 1. April 1995 verbrannten sie in einem Hain nördlich der Hauptstadt die Mona Lisa, begleitet von den sterblichen Überresten eines gewissen Saita. Die Welt hielt den Atem an. Der französische Kultusminister verkündete in einer eilig einberufenen Pressekonferenz, das in Tokio eingeäscherte Gemälde sei eine Kopie gewesen. Die wahre Mona Lisa hänge sicher und unversehrt im

Louvre. Das beruhigte die fünf Milliarden Menschen, denen die Mona Lisa gehörte. Auch der französische Franc, der nach Eintreffen der Schreckensnachricht aus Tokio einen schweren Sturz erlitten hatte, erholte sich wieder. Die Besucher strömten weiter nach Paris, um das bedeutendste Kunstwerk der Welt zu bewundern, in erster Linie Amerikaner und Japaner. Nur zwei Männer kannten die Wahrheit, Saitas Sekretär und der Pariser Museumsdirektor. Beide schwiegen und nahmen sie mit ins Jenseits, der eine unter die Erde, der andere ins Feuer.

Die staatliche Fürsorge konzentriert sich auf die Grillen. Also wird es bald mehr Grillen als Ameisen geben. Spätestens dann hört jede Sozialpolitik mangels Masse auf.

Hommage an Assekura

Sie ist eine spröde Schöne, außen und innen nur schlichtes Papier; sie lebt von Anträgen, Policen und Bedingungen, durch ihre Adern fließen mathematische Formeln und endlose Zahlenreihen. Wenn sie spricht, geht es ums blanke Geld. Gleich den Nornen erscheint die verschleierte Gestalt immer dann, wenn Unheil droht, wenn Bohrinseln explodieren, Flugzeuge ins Meer stürzen, Wirbelstürme die Kontinente verwüsten, Fabriken brennen und Schiffe untergehen. Immer schreitet die düstere Dame Assekura über das Schlachtfeld, macht ein bedenkliches Gesicht und stellt die Frage: Wer zahlt? Schwer zu glauben, daß ihr die Herzen zufallen. Nicht einmal die Empfänger der Versicherungsleistungen liegen ihr zu Füßen. Dankesschreiben empfängt sie selten. Personen, die in ihren Diensten stehen, werden ihr durch lebenslangen Umgang ähnlich. Um nicht gänzlich in Zahlen, Geld und Papieren unterzugehen, flüchten ihre Vorstände und Verbandssprecher gelegentlich zu den Musen, eine Lebenshilfe, bevor sie ihrer Angebeteten vollends hörig werden. Man hört sie zuweilen Shakespeare zitieren (»to be or not to be«), und nach Erörterung der jüngsten Schadenquoten verschaffen sie sich einen starken Abgang mit Hemingways »Wem die Stunde schlägt«. Einige treten mit der Violine auf und lassen es zu, daß man sie als Virtuosen der Risikobewältigung feiert. Gelegentlich dichten sie auch. Vor einem halben Jahrhundert entstanden »Grabsprüche auf lebende Versicherer«, ein Büchlein von beachtlichem poetischen Gewicht, das jedoch keiner der Dichter überlebt hat.

Die unattraktive Dame Assekura – zu allem Überfluß ist sie schon recht betagt – hat erstaunlicherweise zahlreiche Verehrer aus der Zunft der schönen Künste. Die Liste ihrer Liebhaber ist lang, Jahr für Jahr wird sie um neue Namen ergänzt. Der alte Kontinent ist an ihren Affären beteiligt, aber auch die neue Welt, in die wir Brandy, Schießpulver und den Versicherungsgedanken exportiert haben, lebt in diesen Verhältnissen. Kaum war das Kaffeehaus eines gewissen Lloyd in London als Versicherungsbörse hergerichtet, ruinierte sich schon ein großer Mann, der mehr von Literatur als von Riskmanagement verstand, an dem neuen Spiel mit Versicherungen. Später besann er sich auf seine wahre Begabung und schrieb den »Robinson Crusoe«. Daß Daniel Defoe in seinen wirtschaftspolitischen Werken die Einführung einer zwangsweisen Pensionsversicherung für jede Pfarrei Englands empfahl, nimmt ihm die alte Dame bis heute übel, denn sie ist von einem so unbändigen Freiheitswillen beseelt, daß sie jeglichen Zwang ablehnt, auch den, der ihr nützt und ihr die Kunden in Scharen zutreibt. Sogar das Universalgenie Leibniz verstrickte sich in eine kurze Liaison mit Assekura. 1697 empfahl er seinem Fürsten die Errichtung von Versicherungsanstalten gegen alle Zufälle des Lebens, wenigstens aber gegen Feuer- und Wasserschäden. Gern wäre die Dame ein Verhältnis mit dem großen Shakespeare eingegangen, aber zu seiner

Zeit lebte sie noch in bescheidenen Umständen, versicherte vornehmlich Schiffe nebst Ladung und keine blutrünstigen Königsfamilien. Auch wäre Shakespeare wohl ein unzumutbares Risiko gewesen. Nur Mord und Totschlag, auf der Bühne Berge von Leichen, das ist kein Umgang für Versicherungen.

1893 betrat der junge Thomas Mann – »das Wort vorläufig im Herzen« – das Büro eines Münchener Feuerversicherers, um als Volontär »unter schnupfenden Beamten Bordereaus zu kopieren«. Die Legende sagt, es habe auf dem Stehpult neben den Listen feuerversicherter Gegenstände, die er abzuschreiben hatte, auch der Entwurf jener Novelle gelegen, die Thomas Mann im Oktober 1894 veröffentlichte und die ihm erste Anerkennung brachte. Die Assekuranz glaubt an diese Legende. Daß im Büro eines Münchener Versicherers während der kostbaren Arbeitszeit unter den Augen strenger Bürovorsteher Weltliteratur entstehen konnte, schmeichelt ihr ungemein. In Wahrheit ist ein solcher Geniestreich am Arbeitsplatz schwer vorstellbar. Die strengen Büroordnungen jener Tage, die dem »Beamten« nicht einmal erlaubten, den Kopf zu heben, wenn jemand den Raum betrat, und die die Aufbewahrung privater Gegenstände am Arbeitsplatz strikt verboten, standen solchen Ausflügen in die Poesie entgegen. Er wird gedacht haben, der Volontär Mann, während er das Inventar versicherter Windmühlen abschrieb. Abends im Schein der Gaslampe hat er das Gedachte zu Papier gebracht. Ob er die Verwandtschaft zu dem großen Franzosen Paul Claudel spürte, der zur gleichen Zeit wie er im Büro einer Versicherungsanstalt Listen abschrieb? Die Franzosen haben übrigens nachgewiesen, daß das vom Mammon regierte Versicherungsgewerbe keineswegs gottlos ist, wie böswillige Zeitgenossen behaupten. Ihr bedeutendster christlicher Schriftsteller Bernanos verfaßte fromme Bücher und arbeitete trotzdem im Hauptberuf als Bezirksdirektor einer französischen Versicherungsgesellschaft.

Unser Dichterfürst aus Frankfurt beschäftigte sich ebenfalls mit der Dame. Als Minister in Weimar unterstand ihm die Verwaltung der dortigen Feuerkasse. Er machte sich um den Versicherungsgedanken verdient, indem er alle Anträge aus der Bevölkerung, vom Versicherungszwang befreit zu werden, rigoros ablehnte. Er wußte um das Gesetz der großen Zahl. Zum Glück gab Goethe 1788 die Staatsgeschäfte auf, sonst wäre uns wohl eine geistreiche Ausarbeitung zur Feuerversicherung, aber kein »Faust« überliefert worden.

Zur großen Freude der Angebeteten wirkte Benjamin Franklin. Er gründete in der versicherungslosen Wildnis namens Amerika eine Feuerversicherung und erfand sogleich als ersten Schritt zur Schadenvorbeugung den Blitzableiter. Einen eher praktischen Umgang mit der Assekuranz pflegte auch der amerikanische Komponist Charles Ives. Ihm glauben wir gern, daß er an seinem Versicherungsschreibtisch den Tönen lauschte und Noten malte, denn ihm gehörte die Gesellschaft.

Im Ehrenhain von Assekura wäre eine Büste des Schriftstellers Gustav Freytag aufzustellen, nicht so sehr wegen seiner Mitwirkung an der Gründung einer Breslauer Feuerversicherung – das Unternehmen ging später pleite –, sondern wegen seines Romans »Soll und Haben«, der das hohe Lied des Kaufmanns singt. Im tiefsten Herzen sind sie alle Kaufleute, unsere Versicherer, auch wenn sie gelegentlich als Sozialarbeiter, Menschenfreunde oder gar Wohltäter der Menschheit bezeichnet werden, wie der Begründer der ersten deutschen Lebensversicherung, ein gewisser Arnoldi. Eher unfreiwillig kam Gottfried Keller mit Assekura in Berührung. Als Stadtschreiber von Zürich mußte er die Zulassungsurkunde eines Versicherungsunternehmens unterschreiben, was ihm nicht geschadet hat. Er schuf danach noch bedeutende Werke, und das Unternehmen, dem seine Unterschrift zum Leben verhalf, ist heute die zweitgrößte Rückversicherung der Welt.

Für viele Künstler war Assekura nur die zweite Liebe, an der sie hängen mußten, solange die Kunst kein Brot abwarf. Der Dichter Richard Dehmel schrieb 1886 in Berlin eine Dissertation mit dem Titel »Eine Prüfung der Gründe für den ausschließlich öffentlichen Betrieb der Feuerversicherung«. Das Werk gefiel der Feuerversicherungsvereinigung, einem Verband der öffentlichen Feuerversicherer, der mit den privaten Feuerversicherern in heftiger Fehde lag, so sehr, daß Dehmel als Sekretär der Feuerversicherungsvereinigung eingestellt wurde. Fast zehn Jahre arbeitete er dort, bis er berühmt genug war, um die »Feuerschreiberei« an den Nagel zu hängen wie vor ihm Thomas Mann. Letzterer hat immerhin noch mit den »Buddenbrooks« eine kleine Anleitung zum Versicherungsbetrug geschrieben und dafür den Nobelpreis erhalten.

Daß nicht nur die Künstler ihr dienten, sondern auch sie der Kunst fördernd unter die Arme griff, sehen wir an Richard Wagner. Als Kapellmeister am sächsischen

Hof lebte er in so aufwendigen Verhältnissen, daß er ständig um Geld verlegen war. Ein Darlehen von 5000 Talern aus dem Pensionsfonds des Theaters bekam er nur, nachdem er eine Lebensversicherung abgeschlossen und die Police als Sicherheit hinterlegt hatte. Ein Grausen erfaßt uns, wenn wir denken, daß es eine Lebensversicherung für Wagner nicht gegeben hätte. Kein Darlehen aus dem Pensionsfonds, vor Sorge wäre der Künstler nicht in den Schlaf gekommen, kein Gedanke an Lohengrin, die Götterdämmerung wäre in Gestalt eines Konkurses über ihn hereingebrochen. Nun aber die Lebensversicherung. Sie gewährte ihm Freiheit und Unabhängigkeit, ließ den Genius schaffen. Noch heute wartet Assekura darauf, daß in einer Wagner-Oper eine Heldengestalt vorkommt, die ihren Namen trägt.

Tragisch verlief die Beziehung des Franz Kafka zu besagter Dame. Ihn traf es in doppelter Weise, zum einen mußte er in einer Versicherungsanstalt sein Brot verdienen, zum anderen war er mit einem Mädchen befreundet, dessen Vater als Versicherungsagent arbeitete. Im Jahre 1907 trat der junge Doktor der Rechte ins Prager Büro der Assicurazioni Generali ein, dabei noch hoffend, einmal auf den Sesseln sehr entfernter Länder zu sitzen, aus dem Bürofenster Zuckerrohrfelder oder mohammedanische Friedhöfe zu sehen. »Das Versicherungswesen selbst interessiert mich sehr, aber meine vorläufige Arbeit ist traurig«, bekannte er. Immerhin, es interessierte ihn! Es sind Liebesbriefe erhalten geblieben, die er auf Briefbögen seiner Versicherung geschrieben hat. Nach einem halben Jahr konnte der sensible Kafka das ewige Geschimpfe im Versicherungsbüro nicht mehr ertragen und wechselte zur Prager Arbeiterunfallversicherung. Der blieb er treu, denn der Ruhm, der ihn hätte unabhängig werden lassen, erreichte ihn erst nach seinem Tode.

Vor 125 Jahren übersetzte ein schwedischer Journalist eine deutsche Lebensversicherungsbroschüre. Der Direktor einer Versicherungsgesellschaft war davon so angetan, daß er den jungen Mann einstellte und ihm vorschlug, eine Versicherungszeitschrift zu gründen und ihr erster Redakteur zu werden. Am 15. 2. 1873 erschien die erste Ausgabe der Zeitschrift »Svensk Försäkringstidning«, Redakteur: August Strindberg. Der junge Redakteur stürzte sich mit Eifer in das ihm fremde Versicherungswesen und entfachte sogleich einen heftigen Streit um die von Deutschland importierte Idee der Lebensversicherung mit Gewinnbeteiligung. Strindberg polemisierte dagegen, wurde aber von einer deutschen Versicherungszeitschrift zurechtgewiesen, die ihm völlige Ignoranz in Versicherungsdingen bescheinigte. Das beendete die Karriere des Versicherungsredakteurs, nach einem halben Jahr stellte die Zeitschrift ihr Erscheinen ein. In Strindbergs Roman »Das rote Zimmer« taucht die unglückliche Liebe zu Assekura noch einmal auf. »Unter allen patriotischen und dem Wohle der Menschheit dienenden Unternehmen dürfte kaum eine gleich edlen und menschenfreundlichen Zwecken gewidmet sein wie eine Versicherungsgesellschaft.« Das war ironisch gemeint, aber die Assekuranz glaubt an diese Aussage und stellt sie gern als Losung über ihr irdisches Wirken.

Daß die Literatur das düstere Ansehen des Versicherungsvertreters mit auf dem Gewissen hat, ist nicht aus der Welt zu schaffen. Sie erfand jenen dürftigen Reim: »Ist ihm gar nichts mehr gelungen, macht er in Versicherungen.« In einem Theaterstück des vorigen Jahrhunderts sagt ein Freund zu einem Offizier, der wegen einer Verfehlung seinen Abschied nehmen mußte: »Dann ziehst du eben den grauen Rock aus, es muß ja auch Versicherungsagenten geben.« Zu loben ist dagegen der kalifornische Schriftsteller William Saroyan. Er erzählt von einem New Yorker Versicherungsvertreter, der seine widerstrebende Kundschaft mit folgender Botschaft zum Abschluß drängte: »In zwanzig Jahren habe ich 300 Policen verkauft, und bis jetzt sind schon 200 meiner Kunden gestorben. Ist das nicht ein schöner Erfolg?« Es trifft übrigens nicht zu, daß die amerikanische Versicherungswirtschaft dem Dramatiker Miller einen fünfstelligen Dollarbetrag gezahlt hat, damit er in »Tod eines Handlungsreisenden« den Vertreter nicht in Versicherungen reisen läßt.

Auch die lebenden Dichter werden bösartig, wenn es um den Versicherungsvertreter geht. Martin Walser läßt in einem Roman einen Agenten auftreten, der arglosen Bauersfrauen, die nur die Verwandtschaft im Nachbardorf besuchen wollen, Auslandsreisekrankenversicherungen verkauft.

Aber es gibt auch Glanzstücke. Da treibt ein Gutsbesitzer in der Provinz Posen seinen Hof in die Pleite und wird – es ist ihm nichts Besseres gelungen – Versicherungsvertreter. In diesem Zustand zeugt er einen Sohn, keinen geringeren als den großen Ludendorff des Ersten Weltkrieges. Egon Friedell, der Kulturpapst der zwanziger Jahre, erhöhte Assekura über alle Maßen, indem er sie in seiner »Kulturgeschichte der Neuzeit« erwähnt. Heute sei an die Stelle der Vorsehung der Weichenwärter und der Versicherungsvertreter getreten, schrieb er zur Freude der Assekuranz.

Ein besonderes Kapitel sind die Spötter und Humoristen. Man weiß nie, ob sie es ernst meinen, wenn sie der Dame huldigen. Wilhelm Busch dichtete vier Strophen, für die ihm die Versicherungswirtschaft heute eine lebenslange Rente ausgesetzt hätte. Er schildert darin einen gescheiten Hausbesitzer, der, des Prämienzahlens müde – weil ja doch nichts geschieht –, seine Versicherung kündigt. Danach brennt das Anwesen ab. Da das Gedicht heute nicht mehr urheberrechtlich geschützt ist, finden wir es in zahlreichen Hauszeitschriften der Versicherungsunternehmen und in Erbauungsheftchen für den Versicherungsaußendienst abgedruckt.

Was den großen Shaw bewogen hat, seiner Freundin diesen Satz zu schreiben, bleibt ein Geheimnis: »Sobald ich höre, daß Du versichert bist, werde ich Dich wieder in Gnaden aufnehmen.« So viel Ernsthaftigkeit aus dem Munde eines Spötters!

Und schließlich Heine. In jungen Jahren schilderte er einen Hamburger Assekuradeur, der wie ein Pfingstochs herausgeputzt daherwandelte. Jahre später begegnete ihm die gleiche Gestalt, vom Zahn der Zeit und betrüblichen Versicherungsfällen tief gebeugt. Nun glich sie der magersten von Pharaos mageren Kühen. Zum Ende hin wurde auch Heine ernsthaft: »Weil meine Frau nie hat denken können, daß ich sterben werde, hat sie mich immer abgehalten, mich in eine Lebensversicherung einzukaufen.« Assekura sollte dem unversicherten Heine nicht nachtrauern. Er war ein streitbarer Mann, der sich im Geiste gern raufte, vor allem mit seinen Verlegern. Über sie ist folgendes Bonmot überliefert: »Man könne Napoleon vieles nachsagen, aber eines müsse man ihm zugute halten, er habe einen Verleger erschießen lassen.« Nicht auszudenken, wenn Heine statt Verleger Versicherer geschrieben hätte.

Kollektive Einrichtungen laufen immer darauf hinaus, die Tüchtigen für die Untüchtigen arbeiten zu lassen.

Heilung eines Nasenbluters

Er lag mit halb geschlossenen Augen in der Polsterung, blinzelte der vorbeirasenden Landschaft zu, lauschte der Musik aus dem Kopfhörer und war versunken in höheren Sphären, als ihn die Lautsprecherstimme erreichte:

»Verehrte Fahrgäste! Wegen eines Krankheitsfalles benötigen wir ärztliche Hilfe. Sollte sich unter Ihnen ein Arzt befinden, bitten wir ihn, sich beim Zugbegleiter, Wagen Nummer neun, zu melden.«

Fridolin vernahm es zwischen Kassel und Fulda, als der Zug gerade einen Tunnel verließ. Er öffnete die Augen, genoß kurz die wärmenden Sonnenstrahlen, bevor der Zug wieder ins Dunkel stürzte.

Da ist einem schlecht geworden von der Tunnelfahrerei, dachte er. Ein Pfropfen im Ohr, Gleichgewichtsstörungen oder Erbrechen, diese furchtbare Geschwindigkeit kann krank machen.

Als wieder das Tageslicht durchs Fenster fiel, meldete sich die Lautsprecherstimme erneut, nun schon dringlicher. Fridolin spürte einen Ruck in seinen Beinen. Sie streckten sich, suchten Halt am Vordersitz, plötzlich stand er im Gang, hangelte sich von Sitzreihe zu Sitzreihe.

»Wagen neun ist hinter dem Bordrestaurant«, sagte einer, und Fridolin wunderte sich, daß der ihn für einen Arzt hielt.

Noch hatte er die Wahl, das WC aufzusuchen, sich in den Gängen die Beine zu vertreten oder im Bordrestaurant einen Kaffee zu trinken. Das WC war besetzt, im Bordrestaurant wartete eine Schlange vor dem Kaffeeausschank, an der er vorbeischlenderte, so daß er zwangsläufig Wagen neun erreichte. Er konnte nicht mehr zurück.

Wer mag das sein? fragte er sich, als die automatische Tür aufsprang. Er dachte zuerst an eine ältere Frau, legte sich dann aber auf ein hübsches Mädchen fest, dem weiter nichts Schlimmes geschehen war, als daß es sich unwohl fühlte. Das kann vorkommen bei pubertierenden Mädchen; außerdem und keineswegs ernsthaft dachte er auch an Schwangerschaft. Es könnte auch ein krankes Kind sein, fiel ihm ein, als die automatische Tür sich hinter ihm schloß.

Plötzlich verspürte er Angst, zu spät zu kommen. Ein anderer könnte schon da sein, um die Patientin – er war nicht mehr vom weiblichen Geschlecht abzubringen – ärztlich zu versorgen. Schließlich reisen viele Ärzte.

Im Wagen Nummer neun empfingen ihn die Schaffnerin und ein männlicher Zugbegleiter.

»Sind Sie Arzt?« fragten beide gleichzeitig und schienen schon über die Frage erleichtert zu sein.

Fridolin schwieg, murmelte nach kurzem Bedenken unwirsch, daß er nichts bei sich habe, weder Medikamente noch medizinisches Gerät. Daraufhin führten sie ihn ins Dienstabteil. Ausgestreckt auf einer Bank lag ein junger Mann mit blutverschmiertem Gesicht. Fridolin wollte sich angewidert abwenden, aber die Schaffnerin drängte ihn sanft zu dem Liegenden. Nasenbluten also.

Der junge Mann lachte ihn an.

»Alle Vierteljahr gebe ich einen halben Liter Blut durch die Nase ab. Das ist mir schon bei den sonderbarsten Gelegenheiten passiert, in der Kirche, im Schwimmbad und in der Oper, aber in der Eisenbahn kommt es zum ersten Mal vor.«

»Sie sollten lieber zum Blutspenden gehen, als das Zeug so sinnlos zu vergeuden«, bemerkte Fridolin und spürte, wie er sicherer wurde. Er zog die Jacke aus, krempelte die Ärmel hoch und beugte sich über den jungen Mann.

»Sollen wir einen Krankenwagen zum Bahnhof Fulda bestellen?« fragte der Zugbegleiter.

»Ich glaube, das schaffen wir ohne Krankenwagen«, erwiderte Fridolin, nun seiner Sache ganz sicher.

Er erinnerte sich seiner längst verstorbenen Großmutter, die Nasenbluten durch Auflegen kalter Küchenmesser geheilt hatte, und schickte die Schaffnerin in den Speisewagen, um Eisstücke, ein Handtuch, kaltes Metall und eine Schüssel Wasser zu holen. Bis sie kam, sprach er mit dem jungen Mann über die Vorzüge des Blutspendens. Fridolin versorgte den Nasenbluter mit Eisstücken und einer scharfen Klinge aus Solinger Stahl, wusch sein Gesicht und hatte, noch bevor der rasende Zug Fulda erreichte, das Blut gestillt. Er nahm dem Patienten das Versprechen ab, bis Frankfurt in der Waagerechten zu liegen, sich dort behutsam zu erheben und ganz langsam seiner Wege zu gehen.

Der Zugbegleiter dankte ihm.

»Es war nicht der Rede wert«, sagte Fridolin, wusch die Hände und schlenderte zurück zu seinem Platz. Er war sicher, daß die Mitreisenden dachten, er sei im Restaurant gewesen. Jedenfalls vermuteten sie nicht, daß Fridolin als Arzt einem Nasenbluter geholfen hatte. Zufrieden warf er sich in die Polster, dachte mit geschlossenen Augen, während der Zug wieder in Tunnel stürzte, an ferne Kindertage, sah sich in unzähligen Arztpraxen und düsteren Krankenhauskorridoren, umgeben von einem Kollegium aus weißen Kitteln.

Kurz vor Fulda erschien der Zugbegleiter.

»Herr Doktor«, sagte er, »wir sind gehalten, über Vorfälle wie diesen ein Protokoll anzufertigen. Dafür brauchen wir von Ihnen noch ein paar Angaben.«

Fridolin entschuldigte sich, daß er dringend zum WC müsse, und bat den Zugbegleiter, in einer Viertelstunde wiederzukommen.

Bis Fulda blieb er in dem abgeschlossenen Raum. Kaum hielt der Zug, griff er Mantel und Tasche, sprang aus dem Wagen, rannte die Treppe hinunter, stürzte in eine Imbißstube und bestellte schwarzen Kaffee. Auf keinen Fall Protokolle!

Als der Zug abgefahren war, Fridolin seinen Kaffee bezahlt und getrunken hatte, schlenderte er zurück zum Bahnsteig, erkundigte sich nach den kommenden Zügen, nahm auf einer Bank Platz, dachte an die Weißkittel vor seinem kindlichen Krankenhausbett und wartete. Ein tiefes Gefühl der Zufriedenheit bewegte ihn, obwohl es doch nur so eine Kleinigkeit wie Nasenbluten gewesen war.

Die Heilung des Nasenbluters war Fridolins großes Erlebnis, gewissermaßen sein Durchbruch zur Medizin. Der Zugbegleiter hatte »Herr Doktor« zu ihm gesagt und die Schaffnerin ihn bewundernd angeschaut. Heilen und helfen, dazu fühlte er sich berufen. Von Kindesbeinen an. Schon als Vierjähriger hatte er Frösche zerlegt und Fliegen die Beine ausgerissen, um sie mit Spucke wieder anzukleben. Fridolin wäre Chirurg wie Sauerbruch geworden, hätten ihn nicht widrige Umstände gezwungen, einen Brotberuf zu ergreifen. Um nicht Hungers zu sterben, fuhr er als Reisender in Weinen durch Deutschland, von Hannover nach Frankfurt, von Kassel nach Nürnberg, in rasender Geschwindigkeit und fortwährend durch Tunnel. Er mied Flugzeuge und Automobile, fuhr am liebsten mit der Eisenbahn, lag träumend in der Polsterung, bewunderte die fliehende Landschaft und wartete auf Lautsprecherdurchsagen. Fridolin erkannte schnell seine Begabung. Von seinen Händen gingen heilende Kräfte aus. Er sah hinter die Dinge. Eine Frau, die über unerträgliche Kopfschmerzen klagte, heilte er durch bloßes Handauflegen. Magenbeschwerden kurierte er mit seinen weichen, sanften Händen, die die Bauchdecke massierten. Für hartnäkkige Fälle trug er eine Weinflasche bei sich, mit der er kräftig über die nackte Bauchdecke rollte, auch ein Rezept seiner seligen Großmutter.

Bald zeigte sich, daß in Eisenbahnzügen immer die gleichen Diagnosen vorkamen. Unwohlsein stand an erster Stelle. Nicht selten wurden die Fahrgäste von Beschwerden im Verdauungstrakt heimgesucht, was Fridolin auf die schnellen Fahrten durch die Tunnel und das hastige Essen im Speisewagen zurückführte. Aus medizinischen Büchern lernte er, was bei solchen Anlässen zu tun sei. Er verblüffte Zugpersonal und Patienten mit

Fachausdrücken wie ulcus duodeni, erwähnte eine gastrische Krise und riet den Patienten, den Hausarzt um eine Gastrobiopsie zu bitten. Er war klug genug, in wirklich kritischen Fällen anderen Kapazitäten den Vortritt zu lassen. Als er zu einem Mann gerufen wurde, der sich bis zur Erschöpfung erbrach und mit blassen Lippen und rollenden Augen auf dem Fußboden lag, tippte Fridolin auf Fischvergiftung, ließ den Patienten Unmengen Milch trinken, die den Körper postwendend wieder verließ, und beorderte den Notarztwagen zur nächsten Station, um den Leidenden unverzüglich ins Krankenhaus zu schaffen.

An den Anblick von Blut gewöhnte er sich, überwand den anfänglichen Ekel. Natürlich lagen ihm die unblutigen, unsichtbaren inneren Erkrankungen mehr, sie bescherten ihm auch die größten Erfolge. Er schwor auf Wasser. Kaltes Wasser auf die Stirn genetzt, heilte die Hälfte aller Leiden. Ein gutes Viertel ließ sich durch freundliches Zureden zumindest lindern, den Rest erledigte die Zeit. Für den Notfall legte er sich ein Blutdruckmeßgerät zu und lernte, den Puls zu zählen. Auch ein Stethoskop fügte er seinem Arztbesteck bei, da er jungen Frauen gelegentlich die Brust abhören mußte; ein medizinisches Journal machte ihn kundig in Dingen der Mammographie.

Es erfüllte Fridolin mit Genugtuung, daß er in seiner Amtszeit als Notarzt der Eisenbahn nie einen Exitus bescheinigen mußte. Niemand starb ihm unter den Händen, keinem Fahrgast mußte er zwischen Hannover und Göttingen die Augen zudrücken. Eine Frau machte er glücklich, als er eine Schwangerschaft konstatierte und ihr Unwohlsein den üblichen Beschwerden in den ersten drei Monaten zuordnete.

Fridolins medizinische Karriere endete am Osterdienstag des Jahres 1994, als er vor Kassel-Wilhelmshöhe zu einem Notfall gerufen wurde. In Decken gehüllt lag eine Frau mittleren Alters.

»Sie ist bewußtlos«, flüsterte die Schaffnerin.

Er begann wie üblich mit Handauflegen und rief nach kaltem Wasser.

Als die ersten Tropfen die Stirn trafen, schlug die Frau die Augen auf und starrte ihn an.

»Mensch«, sagte sie, »du bist doch der Schnapsvertreter Fridolin Meyer aus Altenbeken! Was fummelst du an meiner Brust herum?«

Fridolin zog die Notbremse, verließ eilig den Zug und verlief sich in den Wäldern des nordhessischen Berglandes.

Danach fuhr er nur noch mit dem Automobil.

Das Schlimmste, was unserer Gesellschaft geschehen kann: Niemand will mehr reich werden.

Borodino oder
Die letzte Ordnung

Als Hartmut Boddien verabschiedet wurde, waren die Dinge geordnet. Nicht nur der Schreibtisch, auch die Nachfolge und die Nachfolge des Nachfolgers. Das Türschild ausgewechselt, der Spruch an der Wand »Wer immer redlich sich bemüht...« abgehängt. Das schien nun überflüssig. Boddien hatte zeitlebens den Dingen ihre Ordnung gegeben, auch im Ruhestand wollte er es bei dieser Gewohnheit lassen. Nun betraf es allerdings nicht mehr die Programme der Computer, den Ein- und Ausgang der Waren, die Ausrichtung der angespitzten Bleistifte auf dem Schreibtisch, es ging um die persönlichen Lebensumstände, darunter auch die letzten Dinge. Keine zwei Wochen im Ruhestand, kaufte er ein Stück Erde, ließ einen Stein setzen, einen zweieinhalb Meter hohen Obelisken, gab das Geburtsdatum 6. Oktober 1903 auf den Stein, mußte allerdings, was das andere Datum betraf, eine Lücke lassen, obwohl es seinen Ordnungssinn verletzte. Für sich fühlte er, daß die zweite Eintragung noch im 20. Jahrhundert geschehen werde, aber in diesem Punkte wollte er einer höheren Ordnung nicht vorgreifen.

Von der Firma verabschiedet, blieb ihm Zeit genug, sich mit seiner letzten Verabschiedung zu befassen. Der Gedanke, dereinst aus einem noch so fernen Jenseits zusehen zu müssen, wie sie kopflos durcheinanderliefen, die Orgel zu spät einsetzte, das Glockenspiel zu früh aufhörte, der Pfarrer den Namen verwechselte und die Träger das Holz fallen ließen, bereitete ihm schlaflose Nächte. Er wollte so geordnet verabschiedet werden, daß nichts dem Zufall überlassen blieb.

Nachdem der Obelisk errichtet war, maß er die Entfernung zur Kapelle 7 aus, die er als seine Kapelle bestimmt hatte. Er kam auf einhundertzweiunddreißig Meter, nicht genug für den Zug der Trauergäste. Wären die ersten schon am Grabe, müßten die letzten noch in der Kapelle warten. Auf einer Skizze plante er deshalb den Umweg durchs Gräberfeld, sorgte dafür, daß die Menschenschlange an sich selbst vorüberzog, die Trauergäste sich beim Vorbeimarsch erkannten, mit versteinertem Gesicht zunickten oder lächelten. Kapelle 7 bot Platz für hundert Gäste. Wegen des vermuteten Andrangs – allein seine Abteilung käme mit fünfundsechzig Personen – müßten einige wohl draußen stehen, was ihn keineswegs störte. Hartmut Boddien verspürte heimliche Freude über diesen Andrang, die Überfüllung und den Menschenstau zurück bis zu den Rhododendronbüschen. Für die Draußenstehenden ordnete er an, daß Lautsprecher in den Bäumen zu installieren seien. Bei regnerischem Wetter – er war ziemlich sicher, im Herbst oder Frühling anläßlich einer Grippewelle zu sterben – wären Schirme bereitzuhalten, damit jeder trockenen Fußes die einhundertzweiunddreißig Meter zurücklegen konnte.

Er verfaßte die Rede, die auf ihn gehalten werden sollte, und legte sie zusammen mit der Wegskizze in den Umschlag, dem er die Aufschrift gab: Von den letzten Dingen. Er vermied darin jedes Pathos, bemühte weder die christlichen Werte noch das Gute und Schöne im Menschen, sondern listete kurz auf, was die Weltgeschichte seit jenem 6. Oktober 1903 getrieben hatte, und stellte Hartmut Boddien mitten hinein – ein Mensch in seinem Jahrhundert. Die Trauergäste werden erfahren, daß der Säugling bei Ausbruch des Hereroaufstandes in Afrika die ersten Schritte unternahm. Im August 14 hatte der Schüler Boddien Ferien. Als der Zweite Weltkrieg begonnen wurde, segelte er mit seiner Freundin um die Kreidefelsen von Rügen, als das Ungeheuerliche endete, schlief er in einem Bunker an der dänischen Nordseeküste.

Hartmut Boddien ordnete an, daß ein bekannter Violinvirtuose das Largo von Händel spielen sollte, koste es, was es wolle. Zum Ausklang würde eine berühmte Sopranistin das Ave Maria singen. Der gemischte Chor der Firma, dem er fünfundzwanzig Jahre angehört hatte, wird sich mit Mozarts »O Schutzgeist alles Schönen« verabschieden. Er bestimmte die Zahl der Kerzen, die in Kapelle 7 zu brennen hatten, für jedes seiner Lebensjahre eine. An Blumen genügte ein Strauß in den Farben Weiß-Blau zur Erinnerung an das Land, in dem er geboren wurde. Keine Kränze bitte! Das Geld dafür sei an die Bodelschwinghschen Anstalten zu überweisen. Er entwarf die Anzeige, die halbseitig in den führenden Zeitungen des Landes erscheinen sollte, und legte für diese kostspielige Aktion zehntausend Mark auf ein Sonderkonto. Mit schlichten Worten teilte die Anzeige mit, daß Hartmut Boddien – den Doktortitel verbat er sich – am . . . in die Ewigkeit gegangen sei. Ein Wort des gottlosen Nietzsche wählte er zum Leitmotiv:

»Im übrigen habe ich den Glauben, daß wir nicht geboren sind, glücklich zu sein, sondern unsere Pflicht zu tun.«

Er rechnete mit einhundertfünfzig Gästen, für die der Clubraum des Restaurants »Elysium« gerade groß genug war. Ihn jetzt schon verbindlich zu buchen scheiterte, weil er keinen festen Termin nennen konnte. So legte er – die Notiz gab er in den bewußten Umschlag – wenigstens die Speisefolge fest und richtete sich dabei ganz nach dem eigenen Geschmack. Er wählte so, als säße er mit an der Tafel. Das Mahl begann mit Krebssuppe und endete mit ordinärem deutschem Bienenstich. An Getränken bestimmte er Kaffee, Tee, Mineralwasser und drei Flaschen Weinbrand einer bestimmten Sorte. Kein Bier, vermerkte er ausdrücklich. Noch zu Lebzeiten ließ er das erforderliche hölzerne Behältnis schreinern, deponierte es im Keller des eigenen Hauses und gedachte, es während der Wartezeit mit Ornamenten aus der griechischen Mythologie zu verzieren. Hartmut Boddien malte gern.

Nachdem alles geordnet war, blieb ihm doch die Sorge, er könne etwas vergessen haben. Er besuchte studienhalber die Trauerfeiern fremder Leute in Kapelle 7, um sich anregen zu lassen und mögliche Schwachstellen seiner Planung ausfindig zu machen. Ihm wurde klar, daß achtzig brennende Kerzen an Sommertagen eine unerträgliche Hitze verbreiteten. Deshalb ordnete er an, nur zwanzig zu entzünden, wenn eine Temperaturmessung am Beerdigungstage um zehn Uhr morgens bereits 18 Grad im Schatten ergäbe. In der kühlen Jahreszeit

– er rechnete fest mit einer Grippewelle – reichten die Kerzen allein nicht aus, um die Kapelle zu erwärmen. Für einen Aufpreis von hundert Mark befahl er die Aufheizung des Raumes auf 21 Grad.

Bei seinen Studiengängen traf er sonderbare Menschen, die sich wie er mit den letzten Dingen beschäftigten. So begegnete ihm bei Trauerfeiern häufig ein Herr im weißen Anzug mit einem Strohhut auf dem Kopf. Boddien sprach ihn an und erfuhr, daß der Mann ein abgemusterter Schiffsoffizier war, der einer asiatischen Religion angehörte. Kapelle 7 besuchte er regelmäßig, weil er hoffte, dort seinen Steuermann wiederzufinden, der ihm vor Chittagong über Bord gespült war.

Auf Männerbeerdigungen erschien stets ein alter Kämpfer, entrollte eine Regimentsfahne und schwenkte sie über der offenen Grube. Er sprach kein Wort, ließ weder Gewehrsalven knallen noch Fliegerstaffeln übers Grab donnern, grüßte nur militärisch und wartete, treu neben der Fahne stehend, bis der letzte gegangen war und die Angehörigen ihn zum Leichenschmaus einluden. Stellte ihn einer zur Rede, erklärte er, mit dem Verstorbenen bei Borodino Seite an Seite gekämpft zu haben, was niemand bezweifelte, denn fast alle, die aus der ersten Hälfte des Jahrhunderts kamen, hatten bei Borodino oder irgendwo gekämpft. Hartmut Boddien hoffte, den Borodinokämpfer zu überleben, um ihn von seiner Totenfeier auszuschließen. Er mochte dieses militärische Getöse nicht.

Im Laufe der Jahre ergab es sich, daß er häufiger zu Trauerfeiern gerufen wurde, die ihm Pflicht waren. Nachbarn und Freunde starben dahin, auch in seiner alten Abteilung wütete der Knochenmann. Sein Nachfolger verschied auf einer Dienstreise in einem Hotelbett. Acht Ausfälle in zehn Jahren verzeichnete die Abteilung, die natürliche Fluktuation nicht mitgerechnet. Auf seiner Liste mußte er einen Namen nach dem anderen streichen, neue Anwärter kamen nicht hinzu. Die Lautsprecher in den Bäumen wurden überflüssig, auch der Umweg des Trauerzuges auf den einhundertzweiunddreißig Metern. Fürs »Elysium« reduzierte er die Gästezahl auf einhundert, was nebenbei eine schöne Geldersparnis brachte. Die Rede »Ein Mensch in seinem Jahrhundert« mußte er mehrfach ergänzen. Der Amerikaner Armstrong wurde erwähnt und die Einigung des Vaterlandes.

Das Jahrhundert neigte sich dem Ende zu, und Hartmut Boddien lebte immer noch. Die Firma, der er sein Leben lang gedient hatte, stellte die Zahlungen ein, ihre Mitarbeiter verstreute es in alle Winde, eine ganze Seite seiner Liste wanderte in den Papierkorb. Das Rentneressen, das jährlich um Weihnachten im Vorstandskasino stattgefunden hatte, fiel dem Konkursverwalter zum Opfer, seine Betriebsrente kam nicht mehr aus der geliebten Buchhaltung, sondern von einem anonymen Pensionssicherungsverein. Der Violinspieler, dem er Händels Largo zugedacht hatte, hörte auf zu spielen, die Sopranistin starb an Herzversagen, ohne das Ave Maria gesungen zu haben. Mangels Stimmen starb der gemischte Chor, Mozarts »Schutzgeist« verzog sich in die Opernhäuser. Das Restaurant »Elysium« brannte nieder, wurde wieder aufgebaut und eröffnete mit neuer Bewirtung und neuem Namen: »Endstation«. Eine jener

Zeitungen, denen er eine halbseitige Anzeige zugedacht hatte, stellte ihr Erscheinen ein, auch das sparte ihm Geld. Dafür mußte der Obelisk überholt werden, die Schrift drohte zu verwittern, grüne Algen bedeckten den kostbaren Stein.

Als Hartmut Boddien fast hundertjährig starb, war niemand da, ihm das letzte Geleit zu geben. In den großen Zeitungen, sofern sie noch existierten, erschien die vorbereitete Anzeige. Kapelle 7 blieb leer. Die Rede brauchte nicht gehalten zu werden. Das Largo ertönte vom Band, ebenso das Ave Maria, den »Schutzgeist« schenkte sich der Veranstalter. Am Grabe erschien ein Herr im weißen Flanellanzug, der seinen Strohhut kurz lüftete. Er trug ein Gedicht vor über die Reise nach Chittagong. Neben ihm stand der alte Kämpfer, dessen Brust eine Ordensspange zierte, wie sie russische Generäle zu tragen pflegten. Er schwenkte die Regimentsfahne über dem Sandhaufen.

»Wir kämpften gemeinsam bei Borodino«, sagte er zu dem Herrn im weißen Flanell. »Danach schwammen wir durch die Beresina.«

»Ach, Tolstoi«, erwiderte der Dichter und lüftete wieder den Strohhut.

»Nein, Napoleon«, sagte der alte Kämpfer, schulterte die Fahne und marschierte die einhundertzweiunddreißig Meter zum Ausgang.

ARNO SURMINSKI

Kein schöner Land

Roman, 360 Seiten, gebunden

»Arno Surminski hat (wieder) einen fulminanten Roman geschrieben, vielschichtig, farbig, spannend, ein Zeitdokument.«
Welt am Sonntag

»Surminski verdröselt die braune und die rote Vergangenheit miteinander, zieht die Parallelen und rechnet dennoch nicht platt eine Diktatur gegen die andere auf. Es geht letzten Endes nicht um Vergeltung, sondern darum, aus der Geschichte zu lernen, damit wir nicht gezwungen sind, sie zu wiederholen.«
Norddeutscher Rundfunk

ULLSTEIN